GW00691732

Pierre Péju

L'état du ciel

Gallimard

Pierre Péju est l'auteur de nombreux romans, notamment *Naissances, La petite Chartreuse,* prix du Livre Inter 2003, porté à l'écran en 2005, *Le rire de l'ogre,* prix du roman Fnac 2005, *Cœur de pierre, La diagonale du vide,* et d'essais, dont *La petite fille dans la forêt des contes* et *Enfance obscure,* tous traduits dans plusieurs langues. Ancien directeur de programme au Collège international de philosophie, son œuvre comprend également des études sur le romantisme allemand, sur le récit, sur l'enfance et sur des peintres contemporains comme Miquel Barceló et Anselm Kiefer.

Un vrai miracle ne fait pas de bruit.

(proverbe)

PREMIÈRE PARTIE

MORTELS, MALHEUREUX MORTELS...

1

Aujourd'hui, Dieu est mort, ou peut-être hier, je ne sais pas. Ou il y a deux mille ans ? Cinq mille ans ? De toute éternité ? Aucune importance. Au ciel, nous ne vivons qu'une seule et même journée infinie. À moins que Dieu ne soit tout simplement malade. Recroquevillé dans un coin. Le dos tourné à sa création. La face vers le mur du néant. Bien nauséeux et épuisé, en tout cas, Dieu ! Rêvant d'un sommeil sans rêve et d'un verbe infécond.

Nous, Ses Anges, sommes donc livrés à nous-mêmes. Sans emploi. Sans mission. Nous perdons un à un nos pouvoirs. Enfin, nous savons encore ouvrir n'importe quelle portion du ciel comme une trappe. Nous pouvons soulever le toit de vos demeures. Nous pouvons fouiller dans vos boîtes crâniennes, essuyer du doigt vos pensées sur les parois de verre de vos âmes comme sur un pot de confiture. Accoudés à nos balcons dorés, nous nous penchons encore un peu au-dessus de vos existences afin de tromper notre ennui. Nous ne descendons plus que très rarement parmi vous. Nous avons du mal à trouver le passage. Nous sommes devenus de mauvais gardiens et n'avons plus de bonnes nouvelles à vous annoncer.

L'état du ciel est bien pire que celui de la terre. D'autant que dans cet immense palais en ruine, cet « Olympe Palace » délabré, mille autres divinités et puissances ont cherché refuge. Certains dieux oubliés errent le long de corridors interminables, ouvrent des portes au hasard. Ils arrivent des quatre coins de la croyance. Les plus affaiblis s'absorbent dans de longues parties de dés, sans parvenir à se mettre d'accord sur les règles du jeu.

Et pourtant, moi, Raphaël, j'aimerais beaucoup faire un dernier petit tour chez vous, malheureux mortels. Suis-je encore capable d'accomplir ne serait-ce qu'un minuscule miracle ? Une goutte de mieux dans la mer du pire ? Comme un colibri qui crache un peu d'eau pour aider à éteindre une forêt en flammes. Sans mission, cette fois. Envoyé par moi seul.

Le ciel s'ouvre. Le hasard fait — mais est-ce le hasard ? — que là-bas, tout en bas, dans une maison construite à flanc de montagne, surplombant un lac dont les reflets font paraître le ciel plus beau, j'aperçois une femme endormie. Le jour se lève. Le coton de sa chemise de nuit fait une vive tache blanche au centre de ma vision angélique. Elle est seule dans son lit. Allongée dans son désespoir et ses draps froissés. Je me dis que je pourrais peut-être faire quelque chose pour elle... Mais quoi ? Comment m'y prendre ? Loin au-dessous de moi, dans cette région du monde, l'été est déjà bien avancé. La femme va s'éveiller, retrouver son chagrin quotidien. Je vais l'observer, et j'aviserai...

J'ai l'éternité devant moi. Mais pas elle.

2

À l'aube de ce jour d'été, Nora était allongée en travers du lit défait, paupières closes, encore absente au monde, la chemise de nuit remontée au-dessus de la taille, les seins évadés du coton blanc. Elle aurait voulu stagner longtemps dans cette torpeur moite. Sans bouger. Sans penser. Mais un premier rayon de soleil vint glisser sur sa chair, gainer lentement ses jambes, caresser ses cuisses, chauffer son ventre. Le matin le plus ordinaire est aussi l'origine du monde.

Quand la lumière atteignit son visage, plaquant sur ses yeux une lame chauffée au rouge, Nora fit un bond hors du lit. Debout au milieu de la chambre, elle vacillait. Ses pieds nus collaient au carrelage tandis que la chemise retombait autour de son corps luisant de sueur. Son cœur cognait, comme d'habitude, à la seule idée de devoir affronter le jour. Déjà plus de deux mille matins depuis le drame, depuis l'horreur qui, six ans auparavant, l'avait broyée. Une nuit. Un 21 juin. Date maudite à partir de laquelle Nora avait déclaré qu'elle était morte. Deux mille jours, deux mille nuits, comme si c'était hier ! Chaque éveil la contraignait à admettre qu'il ne s'agissait pas d'un mauvais rêve : c'était dans sa vie que le pire avait eu lieu !

Inexorable, la nouvelle journée commençait. Comment supporter ce soleil gluant sur les choses ? Et le malheur incrusté dans sa chair de femme de quarante-six ans ? Une femme « comme morte », qui passait l'essentiel de son temps à errer dans les bois d'où elle rapportait branchages et fragments de roches nécessaires à la fabrication de drôles de « créatures », dans la grange attenante à la maison et aménagée en atelier.

Debout dans la lumière, elle secouait et grattait ses cheveux emmêlés de brindilles et d'épines. Par la porte-fenêtre ouverte, elle passa dans le jardin, sentant sous ses pieds, après la tiédeur des dalles, l'herbe encore humide de la pelouse mal entretenue puis la terre meuble et sèche d'une plate-bande. Relevant sa chemise de nuit, elle s'accroupit et pissa avec vigueur entre deux rosiers. Un pauvre rituel. Chaque matin, elle suivait rêveusement des yeux le ruissellement de l'urine qui, après avoir giclé et moussé sous elle, ondulait avant d'être bien vite absorbée par la terre, comme un oued, un torrent qui s'évanouit sans avoir tenu la promesse de son jaillissement, comme n'importe quelle vie après tout, la jeunesse ou l'enfance fauchées en plein vol.

Les mouches étaient déjà là, ces grosses

mouches de fin d'été, grésillantes et complètement cinglées. Leur abdomen bleu gonflé de saloperies. Méditative, Nora ne se redressa pas tout de suite. Le visage et le cul offerts à la brise légère. D'une tape distraite, elle arracha les pétales passés et brunis de la rose qui effleurait sa joue puis frappa encore d'autres fleurs fanées, les abolissant en une silencieuse pluie de paupières. Laissant les roses en paix, elle saisit une motte friable et l'émietta lentement entre ses doigts. Crâne d'enfant éclaté, pulvérisé.

Sans hâte, comme chaque matin, le chat tigré apparut. Un mâle sauvage, qui rôdait dans le jardin, s'introduisait parfois dans la maison, se dérobait à toute caresse, prêt à griffer qui l'approchait, mais se jetait avec avidité sur le moindre morceau de viande qu'on lui jetait. Il se plaça en face des cuisses de Nora, à bonne distance, et s'étira de façon lascive, lustrant son poil à petits coups de langue rose avant de s'abandonner à l'énigmatique rêverie féline, moustache frémissante, ses yeux jaunes réduits à deux fentes de chaque côté du triangle noir de son museau. Solitude de femme et solitude de chat, dans le silence du matin, quelque part sur la terre. Solitude muette de chaque vieille fleur, de chaque pierre, de chaque ombre tremblante, de chaque rayon de soleil provisoire.

Les muscles de ses cuisses et les articulations de ses genoux devenaient douloureux. Nora gifla encore une rose. Enfin elle se redressa. Le chat s'éloignait. Les bras croisés autour de sa poitrine, elle fit quelques pas dans le frémissement du grand tilleul planté au milieu de ce jardin plus ou moins à l'abandon où les arbres et les massifs, faute d'être taillés, s'étaient rejoints puis mêlés jusqu'à former un ensemble inextricable, lilas épuisés, érables ayant perdu de leur charmante légèreté, ifs aux fruits empoisonnés et aux branches malades, saule submergé par ses propres pleurs, pivoines étranglées par le liseron, buis informes, lierre monté à l'assaut des troncs, vigne vierge proliférant partout autour de ces rosiers trop vieux qui s'acharnaient pathétiquement à fleurir dans une indifférence complète aux saisons.

Nora s'assit sur le banc de bois qui encerclait le tronc du tilleul, et resta là, le dos contre l'écorce rugueuse, les mains à plat sous les cuisses, agitant ses jambes dans le vide ou arrachant avec les orteils les fleurs de pissenlit qui avaient colonisé la pelouse, la parsemant de taches d'un jaune vulgaire et violent.

La maison était située tout en haut du village de Ravel et possédait une terrasse qui dominait tout le paysage, et en particulier le fameux lac de Nancey, si large, si long, si désespérément bleu et pur, que les touristes ne se lassent pas d'admirer dans son écrin de montagnes et sur lequel les riverains ne tarissent pas d'éloges. Mais du jardin il était invisible et ce que Nora contemplait, entre les branches du tilleul, c'étaient les falaises qui jaillissent de la forêt, et, au loin, les sommets imposants, recouverts de plaques de neige même en plein été.

Tout au fond, par une brèche du mur à demi effondré, on s'enfonçait tout de suite dans les bois sauvages. Un sentier escarpé conduisait au pied des falaises. On pouvait aussi errer des jours entiers entre les troncs couverts de mousse, le long de torrents bruyants, dans des gorges. Ou grimper encore plus haut, jusqu'aux cimes, par des voies pierreuses, au-dessus de toute végétation, au risque de s'égarer, pour finir, dans les froissements gris-blanc du ciel… Grimper afin de se jeter dans le vide ? Pourquoi pas ? Ou pour s'asseoir, dans le sifflement du vent, au milieu d'un amas de roches éboulées, et attendre la nuit, pierre parmi les pierres.

Une brise légère agitait le feuillage du tilleul. Assise dans l'ombre, Nora prêtait l'oreille aux « voix » venues de loin. Montées des profondeurs de la terre. Comme sous l'antique chêne de Dodone, le murmure de Zeus. Les voix bavardes, les voix amères, les voix furieuses et anonymes des morts, les voix charriées par la sève et portées par le vent et qui avaient l'éternité pour raconter encore et encore ce qu'elles avaient vécu, avant le trépas, avant l'obscurité et l'errance. Peu leur importait aux morts, aux esprits, que les mortels fussent incapables de comprendre l'horreur de la condition infernale. Ils parlaient, tous en même temps et chacun pour soi. Nora avait beau, chaque matin, écouter avec attention, jamais elle ne reconnaissait *sa voix à lui*.

Puis la rumeur se faisait hostile. Les voix finissaient par se taire. Alors elle éprouvait le besoin de retrouver le clair-obscur de l'atelier. Elle choisissait toujours l'entrée extérieure, n'empruntant presque jamais, dans la maison, le petit couloir au bout duquel Mathias avait fait ouvrir une porte de communication. D'ailleurs, depuis le drame, elle évitait la maison : elle ne faisait qu'y glisser, comme une ombre projetée sur les murs blancs. Elle avait ôté tous les tableaux. Ainsi que la plupart des meubles à l'exception de deux ou trois fauteuils et d'une table basse dans le séjour. Fait disparaître tous les livres des étagères. Mathias l'avait laissée faire. D'ailleurs, lui aussi se contentait de passer. Maison transparente. Coquillage mort sur le sable des jours.

Quand elle avait faim, Nora pouvait mordre, mastiquer avec vigueur et avaler n'importe quoi, debout dans la cuisine, ou en allant et venant d'une pièce à l'autre. Paradoxalement, elle n'avait pas perdu son fameux appétit et se jetait plusieurs fois par jour sur un morceau de pain et de fromage ou sur le reste d'un plat préparé par Clémence. À l'époque où elle s'exténuait à peindre des toiles sur lesquelles la pâte colorée, après avoir lentement ruisselé, se solidifiait comme de la lave, elle déclarait à Mathias, en riant, la bouche pleine : « Tu sais, la peinture, ça creuse ! »

À présent, elle était devenue une sorte de femme des bois et se servait de branches, de mousses et de roches pour confectionner des monstres dont on ne savait s'ils sortaient de sa tête ou de la nuit des temps, mais l'accablement et la douleur n'avaient pas eu raison de cet appétit d'ogresse. Clémence était prévenue. Mathias insistait pour qu'il y ait toujours des plats cuisinés et d'abondantes provisions. La jeune femme s'exécutait avec discrétion, s'émerveillant même de ce que ses recettes les plus roboratives fussent aussi rapidement englouties par Nora. Clémence avait connu le docteur Clamant à quatorze ans. Enceinte, ignorant qui était le père, elle avait essayé de se charcuter toute seule, pour « faire passer le gosse ». Pas beau à voir ! Quand elle était arrivée à l'hôpital, Mathias s'était occupé d'elle, avait arrangé les choses auprès de sa famille et lorsque, à seize ans, elle s'était mise en quête d'un travail, il l'avait embauchée. Du coup, tout rutilait. Vitres étincelantes, pas un brin de poussière, des provisions toujours fraîches. Seul le jardin était à l'abandon, la sauvagerie cernant la coquille vide.

Le soir, épuisée par une marche en forêt, Nora rentrait tout de même se décrasser à grande eau dans la salle de bains. Elle s'immergeait dans la baignoire remplie à ras bord. Les nuits où elle ne s'écroulait pas de fatigue dans son atelier, elle se couchait auprès de Mathias, dans leur grande chambre suspendue hors du temps. Tous deux allongés, à distance l'un de l'autre. Lui, tel un gisant de marbre, avait renoncé à prendre sa femme dans ses bras, à la serrer, à la bercer, tant elle se raidissait violemment à la moindre caresse, lèvres hermétiquement closes, aimable mais glaciale. Souvent, en rentrant tard de l'hôpital, Mathias découvrait Nora allongée dans l'eau froide. La salle de bains plongée dans le noir. Agenouillé près d'elle, il l'embrassait sur le front, sur ses lèvres serrées. Trempant sa chemise, il l'arrachait à ce bain glacé, l'enveloppait dans le peignoir, la frictionnait, séchait ses cheveux. Nora se laissait faire, s'excusant sans conviction. Elle grelottait.

« Ce n'est rien, tu sais, j'ai dû m'endormir, j'étais claquée. Je n'avais plus aucune idée de l'heure.

— Mais tu allais prendre froid...

— Tu vois, c'est seulement maintenant que je tremble. Toute seule, dans l'eau, je ne sentais rien... Je ne pensais à rien. D'ailleurs je ne pense plus ! »

Les premières fois, il l'avait prise dans ses bras, comme une mariée d'éponge blanche, et l'avait portée sur le lit. Mais le corps nu de sa femme le troublait profondément. Souvenir d'anciennes étreintes heureuses, de jouissances gaies. Le peignoir arraché, il s'était jeté sur elle, avait tenté d'ouvrir sa bouche avec ses lèvres, ses cuisses avec ses genoux, son sexe avec son sexe. La rage, mêlée d'humiliation, stimulait son désir vacillant, mais l'étreinte avait viré à l'aigre. Le besoin de toucher quelque point secret et sensible, de retrouver une union, une fusion, un accord, un épuisant vertige à deux, ne pouvait être comblé et tout s'était achevé en une gymnastique ridicule. Abandonnant la partie, Mathias avait fini par se retrancher plein d'amertume à bonne distance du corps étendu de Nora. Tous deux, silencieux, les yeux rivés au plafond blanc. Le sommeil ne venait pas : elle remuait, se retournait. La présence de Mathias lui donnait parfois envie de hurler, de le frapper, mais elle ne hurlait pas, ne frappait pas. Trop morte.

Le matin, avant que le soleil ne la chasse du lit, Nora passait avec précaution sa main à la surface du drap. Elle voulait s'assurer que Mathias, levé avant l'aube, avait déserté la couche dite conjugale et, dans le plus grand silence, quitté la maison pour n'y revenir que tard dans la soirée, ou même au milieu de la nuit, tant il était absorbé par sa charge et ses responsabilités à l'hôpital.

À tâtons, elle constatait que la place était vide. Pas une empreinte, pas un reste de chaleur humaine. Pas même l'odeur intime d'un homme. Comme si Mathias, au cours de ces dernières années, s'était progressivement dématérialisé. L'absence. Le lit comme un désert. « *J'ai mesuré la durée de mon sommeil à l'étendue qui nous sépare.* »

3

Il était cinq heures du matin et Mathias Clamant ne pouvait plus dormir. Levé sans bruit pour ne pas réveiller Nora, il avalait un café solitaire dans la cuisine. De la radio ruisselaient les nouvelles d'un monde en crise. Des petits bouts d'atrocités diverses éparpillés sur la plage de cet été confus. Les printemps arabes avaient basculé dans un hiver religieux. En France, pêle-mêle, des forêts en feu, des enfants noyés, des braqueurs tirant à vue. En Grèce, nouveau suicide public d'un homme ruiné par la crise économique : plus de retraite, des dettes à vie, on lui a pris sa maison, il s'est tiré une balle dans la tête au milieu de la place Syntagma. En Syrie, l'armée massacrait à l'arme lourde les populations civiles dans plusieurs villes du pays.

Mathias prêta l'oreille. Quatre mois plus tôt, aidé par le Croissant-Rouge et deux autres organisations humanitaires, il avait réussi à s'infiltrer clandestinement en Syrie afin d'exercer, pendant dix jours, son métier sous les bombes. Prêter main-forte aux médecins civils syriens punis de mort s'ils étaient pris à soigner des blessés. À chaque mot du communiqué de France Inter, il revoyait un décor précis, retrouvait les odeurs de caoutchouc brûlé, entendait le bruit des explosions. À Homs, les blocs opératoires étaient installés dans des appartements, des sous-sols de villas. Il ne fallait pas rester plus de trois heures au même endroit sous peine d'être repéré et aussitôt bombardé. Changer de lieu avec blessés et matériel médical. Pour Clamant, une parenthèse déjà lointaine. Là-bas, la banalité du désastre.

Il se versa une dernière tasse, souleva le couvercle d'une marmite en fonte, renifla des restes de viande figés dans la sauce. Comme il s'apprêtait à sortir, il entendit, dans la serrure de la porte d'entrée, une clef qui tournait doucement. C'était Clémence, silencieuse souris blanche, qui venait vaquer aux tâches ménagères. Ils se saluèrent à voix basse. Avec des airs de conspiratrice, la fille plongea la main dans un sac, écarta les pans d'un torchon blanc et en tira un petit corps écorché et rosâtre, de longues pattes et deux trous sanglants à la place des yeux. Triomphante, elle annonça au docteur : « Aujourd'hui, je vais lui faire du lapin ! Elle aime ça. »

Mathias traversa le jardin ténébreux, se glissa dans la brèche du vieux mur et s'enfonça dans les bois, jusqu'au pied de la falaise. Les branches craquaient. Les fissures des rochers montraient leurs dents. Cela ne l'impressionnait pas le moins du monde. Les démons familiers de sa femme le regardaient sans doute passer mais il se fichait de leur sarabande. Il n'avait d'ailleurs jamais redouté aucun diable, aucune créature maléfique, aucun ange des ténèbres ou esprit de la pénombre. Il en avait vu d'autres. Il s'arrêta au pied de la paroi rocheuse.

Sur les éboulis, fougères et framboisiers aux feuilles couvertes de rosée trempaient son pantalon d'escalade. L'été, il aimait s'immobiliser un instant dans ce silence sauvage et attendre qu'une première clarté grise permette de distinguer le relief de la roche au-dessus de sa tête. Il cueillit quelques framboises, s'en fourra une poignée dans la bouche, pressant avec la langue la pulpe sucrée contre son palais afin de sentir couler ce jus au goût d'enfance.

Dans le silence effrayant de l'aurore retentit soudain le premier cri d'oiseau. Mathias écoutait ce chant solitaire et flûté, si pur, si émouvant, qui commençait de façon hésitante avant de s'affirmer avec de plus en plus de force en d'époustouflantes variations. Encore un instant, et c'était un autre oiseau qui répondrait. Un loriot au chant éclatant, presque ironique, repris bientôt par dix, vingt loriots invisibles éparpillés dans le sombre feuillage. Les pinsons s'y mettraient à leur tour, tentant de prendre le dessus, puis les mésanges, puis beaucoup d'autres oiseaux, en une symphonie déchaînée, faite de trilles, roulades, sifflets et gazouillis. Mille minuscules souverains de plumes clamaient leur puissance sur mille petits royaumes de lumière changeante où les insectes n'allaient pas tarder à bourdonner innocemment avant de mourir, gobés en plein vol.

Enfin il s'élança. Il montait très vite. Il avait dix ans de plus que Nora mais restait svelte et musclé. Crâne rasé, les yeux d'un bleu presque translucide. Il était persuadé d'avoir gardé une forme physique excellente et même de disposer de réserves d'énergie suffisantes pour se surmener sans dommages, enchaîner des gardes interminables à l'hôpital, revenir en pleine nuit dans son service, se rendre à des congrès médicaux à l'autre bout du monde, partir de temps à autre en mission humanitaire, et, lorsque son emploi du temps le permettait, se dépenser physiquement, tôt le matin, en gravissant la paroi de la falaise.

Dans sa jeunesse et jusqu'à la quarantaine, avant que son travail à l'hôpital et les missions ne l'absorbent complètement, il avait été un alpiniste amateur de bon niveau. Un peu par jeu, un peu par nostalgie, il avait « équipé » lui-même le roc à cet endroit. Un parcours dont il connaissait chaque mètre carré, chaque anfractuosité, aspérité, bosse et surplomb. Il savait précisément à quel endroit la roche était pourrie. Il connaissait l'emplacement exact de chaque piton. Ces derniers mois, c'était à mains nues, sans cordes ni mousquetons, qu'il gravissait la falaise, moins parce que l'exercice lui semblait facile que par besoin de courir un risque. Il y a des types qui s'adonnent frénétiquement à la course à pied. D'autres s'épuisent à faire du vélo dans une solitude immense. Pour Mathias, c'était l'escalade de presque trente mètres de roche calcaire. Grimper était sa façon de commencer une journée par une activité dangereuse et absurde.

La lumière augmentait, il n'entendait que sa propre respiration, le raclement de sa paume ou de ses ongles cherchant la prise sur les rochers, et le léger crissement de ses chaussons trouvant sans hésiter le bon appui. À deux kilomètres derrière son dos, au pied du village construit à flanc de coteau, le lac déployait ses fastes tranquilles. Au lever du jour, il était d'une couleur de plomb. Puis on décelait un miroitement gris-bleu, des éclats argentés. Doucement, il se teintait de rose. Sombre étendue liquide aux premières lueurs, il devenait éblouissant au fur et à mesure que la lumière et la chaleur augmentaient. Enfin, le soleil se levait et toutes les variétés de bleu se déployaient.

Mathias mettait en général une trentaine de minutes pour atteindre un replat herbu. De là, il redescendait par une « cheminée ». Après cet exercice, il rejoignait sa voiture, sans pénétrer dans la maison où Nora dormait toujours. Il conduisait à faible allure le long de la rue en pente du village désert, fonçait sur la route du bord du lac jusqu'à l'hôpital où, une fois douché et rasé dans le petit cabinet de toilette attenant à son bureau, ayant revêtu sa blouse blanche, Mister Mathias se transformait en Docteur Clamant, obstétricien et chirurgien renommé, prêt à donner ses premières consultations aux femmes de Nancey présentant une grossesse à haut risque, à présider de fastidieuses réunions, mais surtout à se rendre, au moindre appel des sages-femmes, en salle d'accouchement. Pour un « siège », une présentation par l'épaule, une « procidence du cordon ». Mathias était l'un de ces docteurs sans lesquels certains bébés seraient morts avant d'avoir franchi la passe, et certaines mères auraient perdu la vie au moment de la donner. Tant de mamans humaines si différentes des femelles qui se débrouillent toutes seules dans les broussailles obscures.

Était-ce cet acharnement à faire naître les enfants des autres qui l'avait empêché de devenir père lui-même ? Ou était-ce le refus obstiné de Nora ? « Pas le moment… Pas maintenant. » Jamais le moment… Et le temps avait passé. Elle avait vingt-six ans lorsqu'il l'avait rencontrée. À l'âge de vingt ans, elle avait donné le jour à un garçon de père inconnu. Ensuite, afin de s'adonner corps et âme à la peinture, elle avait toujours repoussé à plus tard cette possibilité d'avoir un deuxième enfant. Pourquoi cet homme, qui avait tenu des centaines de bébés naissants dans ses bras, avait-il un destin de « fruit sec » ? Escalader frénétiquement une montagne évite de répondre à ce genre de question.

Dès qu'il se trouvait dans son service, Mathias parvenait à ne plus penser au mal qui les rongeait, Nora et lui. Ne plus penser à ce qui était arrivé six ans plus tôt, et qui avait brisé le lien singulier qui les unissait. Il se sentait mieux à l'hôpital que dans leur maison qui ne lui offrait guère que des casse-croûte à minuit dans la cuisine, un whisky avalé dans un des fauteuils rescapés du grand nettoyage par le vide, le lit froidement partagé avec Nora lorsqu'elle ne dormait pas dans son atelier ou lorsque lui-même n'était pas de garde ou en voyage. Désormais, beaucoup de silence entre eux, même si parfois leurs dialogues étaient cordiaux et même enjoués à condition de ne parler ni de naissance, ni d'enfants, ni de création artistique, chacun se reversant régulièrement de l'alcool, buvant et buvant encore, dans un silence qui devenait assourdissant.

Lorsqu'il arrivait à Nora, à sa propre surprise, de rire bruyamment pour une raison futile, Mathias sentait battre son cœur au fond de sa poitrine. Écho de l'imprévisible bonheur qu'il avait connu le jour où, sur un coup de tête, il avait proposé à Nora Krisakis de vivre avec lui. Le jour où, contre toute attente, elle avait accepté. Comme une bulle irisée qui gonfle puis éclate à la surface de la tristesse, Nora retrouvait de temps en temps ces grands éclats de rire cascadés, cristallins, pleins d'étonnement et d'enthousiasme qui la secouaient fréquemment vingt ans auparavant, lorsqu'elle s'acharnait sur l'une de ses grandes toiles ruisselantes de couleurs, avant de les cribler de taches, de les zébrer de traits noirs. « Mes tableaux sont plus forts que moi ! Ils me font faire tout ce qu'ils veulent. Ce sont eux qui commandent, pas moi ! C'est comme ça. »

4

Une fois dans son antre, Nora eut envie de se rouler en boule sur le divan défoncé en serrant contre elle, comme un « doudou », le sac de couchage déchiré qui perdait son duvet. Rester comme ça jusqu'au soir. Pourtant, elle mit la radio en marche et enclencha la machine à café qui crachota ses jets de vapeur sur la poudre noire. Elle ne pouvait s'empêcher de prêter l'oreille aux nouvelles de Grèce. Une crise terrible, dans un pays qu'elle avait l'impression de ne plus connaître. Ce qui s'y passait augmentait encore la distance. Tout un pays écrasé par les dettes, sonné par les mesures prises par de lointains dirigeants européens. Plus d'espoir. Plus d'insouciance ni de vraie jeunesse. Chaque citoyen de la plus vieille démocratie pouvait devenir un suicidé de la place Syntagma. Était-ce vraiment de son pays qu'il était question ? Pauvre Grèce ! Plus chez elle.

Dans l'atelier, une odeur de terre, de moisissure, et de mousse des bois. Elle arracha sa chemise de nuit, enfila une salopette. Elle appréciait de se sentir nue sous la toile rugueuse pleine de taches de peinture. La toile durcie par la résine et la colle comme par les giclées de sperme d'un minotaure. Sur ses mains, ses bras, ses épaules, des griffures dues aux ronces et aux branches mortes.

Longtemps, elle lapa son café à petites gorgées en scrutant le désordre qui l'entourait. Dans un coin, un rayon de soleil tombait en diagonale sur de grands tableaux appuyés les uns contre les autres et tournés vers le mur. Sur ces dizaines de toiles à l'abandon, les araignées avaient tissé leur propre toile. Une poussière grise s'y était accumulée avec des restes d'insectes morts, mouches, punaises, blattes accrochées à ce linceul ténu qu'agitait mollement un courant d'air.

C'était les œuvres anciennes de Nora, à présent livrées à la critique rongeuse des rats. Sa création d'« avant ». Nora ne pouvait plus supporter ces rectangles enduits et colorés sur lesquels de lentes coulures brunâtres, rousses ou noires serpentaient jusqu'à devenir des forêts sous-marines, des nuées soufrées, les parois oxydées de geôles lointaines, les instruments cruels d'antiques tortures. Sur chaque toile on devinait la mer, surface énigmatique, profondeur inquiétante, promesse intenable, miroir menteur. La mer dont le spectateur était séparé par des barreaux de fer, des barbelés, des griffes.

Alors qu'elle n'avait que vingt-quatre ans, deux ans avant de rencontrer Mathias, Nora avait été remarquée par Waldberg, un célèbre galeriste et collectionneur suisse. L'impression de grande sérénité qui se dégageait de ses œuvres était systématiquement contredite par des formes menaçantes. Une menace que Nora la Grecque sentait dans son dos, et partout autour d'elle.

Une technique et un style immédiatement reconnaissables : Nora étalait et superposait d'épaisses couches de blanc, de bleu très clair, de bistre ou de sable. Entre ces couleurs, comme entre deux eaux, flottaient des objets énigmatiques. Des poissons crânes, des visages rongés, des mains pieuvres ou des membres de noyés difformes. Les couches ne cessaient de se submerger les unes les autres, ce qui donnait à la toile une épaisseur grumeleuse d'où les fantômes pouvaient surgir comme d'une écume ou d'une plage humide. « Des œuvres puissantes, disait Waldberg, plus vous les regardez, plus elles vous entraînent vers une profondeur qui n'est pourtant que leur surface. »

Il était fier d'avoir découvert cette petite Krisakis avant tout le monde. D'avance, il s'était engagé à acheter tout ce qu'elle pourrait produire au cours des années à venir. Des dizaines de tableaux signés « NK », la jambe épaisse et noire du N majuscule se confondant avec celle du K. Waldberg s'était aussi démené pour exposer et faire connaître ces visions lumineuses et tragiques. Plusieurs collectionneurs suivaient de près l'évolution de Nora. Les acheteurs ne manquaient pas. Mais ces dernières années, ils n'avaient fait qu'attendre.

Tournant autour de ces vieilles toiles, Nora se disait qu'elle ferait mieux de les entasser au milieu du jardin. « Pour y foutre le feu, tout cramer, oui… » Elle grommelait toute seule au milieu de l'atelier. « D'ailleurs, ça fera de la place, j'ai besoin de place ! » Elle pensait au peuple des créatures. Combien de fois avait-elle annoncé à Mathias qu'elle allait « brûler tout ça » ? Mathias ne savait jamais, lorsqu'il quittait la maison, s'il ne serait pas accueilli, en rentrant, par les cendres grisâtres d'un bûcher encore fumant. Pourquoi pas l'atelier entièrement calciné ? Et pourquoi pas toute la baraque détruite par l'incendie ? Il arriverait. On lui raconterait que Nora, comme une torche vivante, s'était enfuie en courant vers la forêt. C'est pourquoi, à chacun de ses retours, il guettait dans le ciel un panache de fumée noire.

Nora sourit en pensant à la tête que ferait Waldberg si elle se décidait à faire flamber les derniers tableaux signés NK. Pauvre homme ! Consterné de ne pas les avoir emportés à temps. Elle se mit à rigoler toute seule en passant ses doigts à travers les toiles d'araignée. Pourtant, elle n'aurait jamais le courage de faire subir le même sort aux centaines de carnets de croquis et aux milliers d'aquarelles que renfermait la grosse armoire de bois, dans le coin le plus sombre de son antre. Dans ce meuble était enfermé tout ce qu'elle avait pu peindre et dessiner entre enfance et jeunesse, sous le soleil grec, dans la sempiternelle présence bleue de la mer. Tout ce qu'elle avait esquissé en plein vent, sur les collines ou les quais d'Ermoúpolis, ou sur les rives de l'île de Syros où elle était née. Dès l'enfance, elle avait frénétiquement griffonné, étalé les couleurs. Partout, au-dessus des eaux clapotantes des criques désertes, sur le pont des bateaux grecs, sur les rivages d'îles rocheuses ou assise en tailleur dans les ruelles des villages des Cyclades, entre ombre et éblouissement, dans l'odeur du jasmin et des eucalyptus, elle avait accumulé des milliers de dessins.

Lointaines aquarelles que sa main de jeune fille avait exécutées à toute vitesse tant le temps de séchage était court en pleine chaleur. Elle les avait apportées en France et conservées. Modestes annonces d'une œuvre à venir. Son enthousiasme, à quinze ans ou seize ans, à l'aube des années quatre-vingt en Grèce, coïncidait avec une sorte d'euphorie diffuse qui était celle des gens, mais aussi celle des choses ou des éléments autour d'elle. Après de longues périodes sombres, entre popes et militaires, le peuple grec voulait croire que tout allait changer. Une époque pleine d'initiatives et d'ouverture. La liberté était là ! C'est emportée par cet élan que Nora était venue en France. L'important c'était la vie, le monde, la création. L'ouverture de l'espace. Pour l'art, elle acceptait que la Grèce s'éloigne, que les îles de son enfance fassent doucement naufrage. Mais elle ne s'était jamais séparée de ses premiers carnets, remplis d'esquisses, de couleurs.

Dans un coin de l'atelier, son pied heurta le squelette d'un mulot qu'elle avait ramassé un jour à l'orée du bois. Il lui arrivait de capturer des mulots vivants qu'elle relâchait ensuite. Des bestioles étranges, étonnamment résistantes. Elle avait entendu un jour à la radio que dans la végétation luxuriante qui avait envahi la ville de Tchernobyl, parmi les bêtes contaminées qui pullulaient et grouillaient, les mulots jouissaient d'une insolente santé. S'il naissait des biches à deux têtes, des oiseaux avec un bec à la place d'une aile ou des guêpes géantes, les mulots, eux, se reproduisaient, mangeaient avec appétit, n'avaient pas l'ombre d'une malformation et semblaient se jouer des effets de la radioactivité. Ils mouraient aussi. Normalement, si l'on peut dire. En examinant le squelette bien sec de ce mulot, Nora eut l'idée de fourrer les os grisâtres dans la gueule béante d'une sorte de « femme chauve-souris » qu'elle avait sculptée en bois de hêtre et affublée d'ailes de plastique noir. Les créatures, ça mange, ça dévore ! « Tiens, voilà du mulot ! »

Elle ne pouvait rien entreprendre d'autre. Elle enjambait des seaux où fermentaient de sombres décoctions, des rouleaux de fils de fer rouillé. Elle tripotait sa serpe, son sécateur. Tout ce qui lui avait autrefois servi à peindre était à l'abandon. Boîtes de pigments béantes le long des murs. Tubes pris de sèches convulsions. Couleurs ternies et craquelées sur des palettes couvertes de poussière. Pinceaux comme des bouquets pétrifiés. Une misère. Une désolation.

Nora avait prévenu Waldberg : « Pour moi, la peinture, c'est fini et bien fini ! Peindre, exposer, c'est loin, très loin. Si vous saviez… »

Curieusement, le grand malheur n'était pas venu à bout de son énergie. Ses mains ne pouvaient se retenir de gratter, d'esquisser, de tracer, à partir de n'importe quel matériau. Si elle dévorait un sandwich, elle en pétrissait et sculptait la mie trempée dans du vin. Quand elle froissait du papier, elle en faisait des boulettes et y enfonçait ses doigts comme on crève des yeux. C'est de cette façon qu'elle avait commencé à fabriquer les créatures qui se tenaient autour d'elle, dans la pénombre. Princesses maléfiques parées de feuilles mortes. Sorcières endormies, noyées sous les épines. Enfants centenaires à l'étroit dans leur berceau. Androgynes et cyclopes pourrissants. Spectres tendant un index branchu. Momies noircies. Chimères, aux cornes de chèvres et crinières de broussaille. Griffons à longues queues. Harpies à becs d'oiseaux. Empuses aux pieds de fer rouillé. Stryges, gueule ouverte. Gorgones à la chevelure de câble électrique, avec des bris de miroir à la place des yeux. Gnomes aux rictus de rouille. Langues de plomb. Thorax de fil de fer. Les plus petites de ces créatures, Nora les allongeait dans ce qu'elle appelait leur « bercueil », qu'elle fabriquait avec de vieilles planches. Le soir, elle pouvait leur chanter des berceuses de son invention.

Six ans que Nora vivait en leur compagnie ! Mais pas question de considérer comme des « œuvres » ces êtres innommables qui n'étaient destinés à rien ni personne. Surtout pas à être exposés dans quelque galerie d'art.

« Je dégueule l'art, répétait-elle à Waldberg. Le carton-pâte de l'art, les petites et les grosses ficelles des artistes, si vous saviez comme je les dégueule ! Une vaste supercherie, oui ! Moi, je cauchemarde éveillée, tout le temps... Et j'alimente toute seule mon cauchemar. Sans rien demander à personne ! »

Mathias seul était autorisé, en de rares occasions, à passer quelques minutes sur les bords du chaos. Sans bouger, au fond de l'atelier, il ne disait rien et ne s'attardait pas. Récemment, sans consulter Nora, il avait proposé à Waldberg de venir tout de même à Ravel. On verrait bien. Mathias avait toujours eu de la sympathie pour cet homme insaisissable. Le galeriste n'aurait qu'à raconter qu'il rentrait à Genève et que, Nancey étant sur sa route, il avait tenu à faire un signe amical à celle qu'il admirait toujours.

Un dimanche après-midi, le galeriste était là.

Comme Nora restait invisible, les deux hommes avaient commencé à bavarder et à boire, sous le tilleul. En leur présence, les voix des dieux et des morts se faisaient discrètes. Homme d'affaires redoutable, découvreur d'artistes de talent, à la tête d'une collection valant des millions de dollars, le galeriste suisse portait toujours la même veste bon marché et difforme, des chemises au col élimé, et son regard était alternativement celui d'un enfant étonné et d'un maquignon matois.

«J'ai bien peur qu'elle ne veuille rien vous montrer, prévint Mathias. Enfin qui sait? Elle accepte parfois que je jette un œil, mais je vois bien qu'elle supporte très mal que quelqu'un s'approche de ses personnages.

— Si jamais elle nous rejoint, je n'insisterai pas. Je serai tellement heureux de la revoir. Enfin, tout de même, j'aimerais bien me faire une idée…

— Nora ne peint plus du tout. Ce qu'elle fait à présent, elle le fait dans une solitude effrayante. Je crois que c'est comme ça qu'elle reste en vie. Après tout, c'est la seule chose qui m'importe! Mais c'est fragile, vous savez. Je sens que ça peut basculer à tout moment. Vous comprenez, Waldberg?

— Je comprends. Vous savez, quand de jeunes artistes viennent à la galerie me montrer leurs boulots, je me fous que ce qu'ils m'apportent soit beau, ou même… acceptable, si vous voulez. Il faut que je repère le risque d'une folie qui ne se déclarera peut-être jamais. J'ai besoin de repérer cette béance dans une œuvre, à ses débuts. Chez Nora, c'était un gouffre.

— Vous voulez dire que ce qui est arrivé n'est pas la cause unique de son changement?

— Je ne sais pas, je ne sais pas… Je dis seulement qu'à l'époque j'ai cru voir cette faille chez Nora. Je me souviens, le jour où j'ai signé son premier contrat, elle m'a raconté une anecdote datant de ses quinze ou seize ans, quand elle vivait encore en Grèce. Dans les îles. Elle avait déjà cette rage de dessiner, partout. Un matin, assise près du rivage, penchée au-dessus des eaux, elle fixait les rochers, leurs fissures, leur forme, hypnotisée par les éclaboussures. Soudain, m'a-t-elle dit, elle avait eu peur ! Ce qu'elle voyait n'était pas réel. Les choses les plus concrètes, le ciel, l'eau, la roche, brusquement, n'avaient aucune importance. Comme si le visible, tout le visible, m'a-t-elle expliqué, n'était qu'une croyance naïve. Une pure illusion.

« C'est alors qu'au loin, sur un chemin de terre, elle avait vu une vieille femme vêtue de noir, assise sur un âne, approcher lentement. "Cette femme non plus n'était pas réelle, m'a dit Nora. Une silhouette, à peine une ombre." Nora espérait qu'en arrivant près d'elle, la femme redeviendrait une personne bien concrète, femme grecque dans un paysage grec, entre cactus et agaves, dans le cri strident des cigales.

« Mais non ! La femme au visage buriné était passée à quelques mètres, sur son âne, avec des branchages et une serpe noire, mais elle n'existait pas ! "Une espèce d'horreur inhumaine, m'a raconté Nora, ruisselait sur les choses. Le ciel et la mer comme une vitre sale sur laquelle une huile noire ne cesse de couler. Ce jour-là, m'a-t-elle expliqué, j'ai senti que peindre, c'était forcément *peindre ça*. Le peindre, parce que ça ne peut pas se dire." Et vous, Clamant, elle ne vous a jamais parlé de ce moment, disons… décisif ?

— Elle m'a raconté d'autres expériences, toutes plus ou moins analogues. »

Pensif, Waldberg hochait la tête. Nora avait compté et comptait encore énormément dans sa vie, ça sautait aux yeux. Mathias aussi restait rêveur. Il entendait encore la voix de sa femme lorsqu'elle lui parlait de ce qui ronge le visible. « Mais cet acide, Nora, c'est quoi ? — Tout ! Le mal qui rôde… Le malaise qu'on croit chasser de la main comme les mouches mais qui revient, toujours… la vieillesse qui ronge les corps. La maladie qui attend. Tout ! La vieille angoisse avec ses béquilles de sorcière. Les cris silencieux des gens. Mais surtout… Oui, surtout les cris, ou plutôt les hurlements qui sortaient de la gorge de mon père quand j'étais petite ! Car, chaque nuit, mon père revivait les séances de torture qu'on lui avait infligées après son arrestation, pendant la dictature des colonels. Les militaires l'avaient relâché une première fois. Brisé, vieilli, il était revenu à la maison, et puis ils l'avaient à nouveau arrêté pour l'exiler à Folegandros. Des cris dans la nuit. Pas seulement ceux de mon père. Les cris d'autres gens, qui arrivent de très loin, Je les entends quand je peins. »

L'époux et le galeriste connaissaient la même histoire.

« Bon, je vais repartir, regretta alors Waldberg. Après tout, c'est peut-être mieux. Elle est seule.

D'ailleurs, vous êtes complètement seuls tous les deux. Chacun dans votre coin. Vous… »

Il n'eut pas le temps de finir sa phrase. Comme le soir tombait, Nora fit son apparition. De retour de la forêt, chargée de branchages comme une vieille Grecque, cheveux défaits, les ongles noirs, elle se joignit spontanément aux deux hommes, quittant ses bottes et les lançant sur la pelouse d'un vigoureux mouvement de jambe afin de marcher pieds nus dans l'herbe. Elle sauta même au cou de son galeriste, bises retentissantes sur les deux joues, et se versa un verre de vin blanc. « À nous ! » Trinqué tous les trois.

Il ne fut pas question une seule seconde de ses horribles travaux. Rien sur le fagot abandonné un peu plus loin, rien sur sa sueur, ses griffures. Pas un regard en direction du mystérieux atelier.

Quand Waldberg bredouilla un très vague « Alors, Nora ? », elle le coupa net : « Alors Nora rien ! Rien de rien ! Désolée, mon pauvre Waldberg, je ne fais plus rien qui puisse vous intéresser. Oubliez tout ça. Oubliez-moi, s'il vous plaît… »

Elle gratifia son ancien galeriste d'une caresse sur la joue accompagnée d'un de ces rires en cascade que Mathias aimait tant. Puis elle les planta là pour aller porter sa cueillette dans son antre.

La nuit était tombée, Waldberg ne se décidait pas à partir. Alors, les deux hommes s'assirent côte à côte, de l'autre côté de la maison, dans des fauteuils de rotin, face au paysage lacustre. Sans parler. Le marchand de tableaux avait sorti un étui à cigares. Des Romeo y Julieta. Il en offrit un à son compagnon, lui tendit du feu tandis que Mathias se penchait sur ses mains en coupelle qui protégeaient la flamme. Inspiration. Premières bouffées. Mais toujours pas un mot. Rien. La création ? Les cris ? L'acide qui ruisselle sur le visible ? Silence. Autant de questions qui, dans les ténèbres, se recroquevillaient sur elles-mêmes. Les deux petites étoiles rouges de l'extrémité des cigares, dont l'éclat s'intensifiait par intermittence, éclairaient des phalanges et deux paires d'yeux rêveurs. Deux lueurs, comme deux consciences un peu lasses, auxquelles répondaient, très loin, de l'autre côté du lac, les points incandescents d'autres consciences anonymes, elles aussi égarées en ce monde.

5

Lâcher prise ! « Bon sang, je vais lâcher. » Mathias se plaqua contre la falaise. La chute était inévitable. Le bout caoutchouté de ses chaussons d'escalade en appui sur un bourrelet d'à peine deux centimètres de large. Il savait précisément quels gestes il aurait dû faire : maintenir les phalanges de la main droite dans la fissure oblique, étirer le bras gauche et pousser l'allongé afin de se hisser jusqu'à une saillie à partir de laquelle, de prise en prise, l'ascension redevenait facile. Mais il ne pouvait plus bouger. Il venait de franchir, avec beaucoup de mal, un surplomb dont il se sortait toujours sans problème. Au moment de se rétablir, une douleur fulgurante dans l'épaule avait irradié dans sa poitrine. Il avait cru perdre conscience. Dents serrées, cœur battant, il s'accrochait du mieux qu'il pouvait. « Qu'est-ce qui m'arrive ? Le cœur ? » Mais peut-être n'était-ce qu'une terrible crampe ? Ou une angoisse subite ? Le mal dissolvait toutes les suppositions. D'ailleurs, ce n'est jamais sur lui-même qu'un médecin fait le meilleur diagnostic !

Douleur coup de poignard. En sueur, essoufflé, la joue collée à la pierre, il agrippait de la main droite une fente de la roche. Ses chevilles et ses genoux tremblaient. En cas de crise cardiaque, il faut pouvoir s'allonger, se calmer, et surtout que des secours arrivent rapidement. Mais quels secours ? Dans une si fâcheuse posture, rien à faire. Et pas de corde pour le retenir !

Tomberait-il d'abord, pour mourir vingt mètres plus bas ? Ou serait-il déjà mort avant de tomber, comme un morceau de roche pourrie qui se détache ? Son bras gauche pendait le long de son corps. Un étau lui broyait la moitié du torse. Dans certaines circonstances à haut risque, Mathias s'était répété qu'il était prêt à mourir. À tout moment. N'importe où. Paroi rocheuse au petit matin, ou ville tropicale en pleine guerre civile.

De toute façon on tombe. « C'est toujours la gravité qui gagne ! » disait-il souvent. Ce qui ne veut pas dire grand-chose. « Oui, même les anges attendent leur propre chute. »

Il avait de plus en plus de mal à se retenir. Sa vue se brouillait. On raconte que, dans les derniers instants, des bouts du film de notre existence se projettent en désordre. Pour Mathias, chaque poignée de secondes devenait un gouffre de temps, une plaie ouverte de la mémoire. « C'est donc vrai ? » Il croyait voir Nora, flottant dans le vide, à quelques mètres de la falaise, en chemise de nuit, les bras croisés autour de la poitrine, l'air ailleurs, comme lorsqu'elle écoute les voix du tilleul ou qu'elle cherche l'inspiration…

Un couple de choucas qui effectuait de larges cercles dans le ciel descendit soudain en piqué et passa en vol plané près de sa tête en poussant un cri lugubre. Puis les deux oiseaux noirs, à grands battements d'ailes, remontèrent conjugalement vers les sommets. Il croyait voir aussi des nouveau-nés gluants, leurs crânes en forme de poire, leurs yeux fermés, leurs bouches crachant une bave épaisse. À l'hôpital, dès qu'un accouchement présente des difficultés, on appelle le docteur Clamant. Sonnerie. Bip, bip, bip… Vite ! Il n'est jamais loin. Tenue stérile revêtue en quelques secondes. Mains de latex. Entrée au bloc. Il évalue la situation, inspire profondément. Il fouille, il sent, il sait. Tête, épaules, fontanelle. Il manipule alors intuitivement le petit corps coincé dans le grand corps et voilà que magiquement, avec audace et une sûreté de geste stupéfiantes, il parvient à l'extraire. Et ailleurs ? Bien loin de la paisible ville de Nancey, combien d'enfants a-t-il mis au monde ? Dans certains pays les femmes crient lorsqu'elles accouchent. Ailleurs, elles se taisent de façon presque inquiétante tant les hommes et les vieilles les ont dressées à ne jamais se plaindre.

À l'instant de mourir, il aurait voulu rester lucide. Que la mort ne l'agrippe pas lâchement par la nuque. Qu'il ait au moins le temps de l'accueillir. Ce n'était pas la mort qu'il voyait, mais Nora ! Visions tremblées de Nora jeune, le jour de leur première rencontre, dans cet ancien couvent près de Genève où avaient lieu, le même jour, un congrès médical international et le vernissage d'une exposition.

Voulant échapper un moment aux discours et communications prononcées sous les voûtes de l'ancien réfectoire des moines, Mathias était parti rôder dans l'autre partie du couvent, du côté du cloître aux murs duquel des toiles étaient accrochées. La tête lourde, il les avait considérées d'un œil distrait. Exposition collective de jeunes artistes européens prometteurs, expliquait l'affiche. Beaucoup de gens péroraient ou faisaient de grands gestes. Exposants et visiteurs qu'on ne risquait pas de confondre avec les médecins réunis à deux pas.

Mathias se laissait ballotter au gré des courants, bousculé parfois par des grappes d'artistes et d'amateurs d'art. L'éclairage n'était pas fameux. La plupart des toiles, éteintes ou silencieuses, ne parvenaient pas à l'arracher à sa rêverie. C'est alors qu'il avait été attiré par la vive clarté d'une grande peinture. Lumière marine et brutale, bleue ou blanche. Quelque chose d'illuminant ne cessait de sourdre à travers les épaisseurs de la pâte. On aurait dit la lumière d'un temps suspendu. Temps lointain, temps perdu. Temps heureux ? Pourquoi pas ?

Ce tableau présentait une étendue pleine de

reflets et de secrets. Au premier plan, une sorte de grille. La mer, entrevue à travers des barreaux rouillés et des barbelés. Mer désirable, mer des premiers jours, mer natale, mer interdite… Vaste étendue amniotique et miroitante mais qui restait inaccessible derrière ces traits épais et baveux, bois mort ou barreaux de fer.

Mathias s'éloignait puis revenait vers cet impressionnant rectangle qui était une issue à la fois souhaitable et impossible dans l'agitation du vernissage. « Ne jamais revenir. » Mathias se baignait, nageait dans cette peinture… Il y était chez lui. Était-ce les coulures sombres de la cage qui le captivaient ou l'étendue marine qui le fascinait ?

Désireux d'associer un titre à l'image, plus que de découvrir le nom du peintre qui signait NK, il s'était emparé de la liste imprimée des œuvres exposées. Il éprouvait aussi une peur inexplicable à l'idée que n'importe lequel de ces inconnus puisse lui voler *son* tableau, cette image qu'il considérait déjà comme *à lui*, qui ne s'adressait qu'à lui, ou plutôt que quelqu'un, à travers le temps et l'espace, lui avait ce jour-là adressée.

Il s'était placé devant le tableau, en garde du corps prêt à empêcher quiconque d'approcher, puis, brusquement, il s'était décidé à bredouiller quelques mots à la femme assise derrière une table, près de l'entrée, une des organisatrices de l'exposition, lui laissant entendre qu'il était intéressé, qu'il désirait acheter la toile intitulée *Origine*, tout de suite si possible, faisant le geste de sortir son carnet de chèques, pressé de la voir coller au plus vite, à l'angle inférieur de la toile, la pastille rouge signifiant « vendu ».

Lorsqu'il avait expliqué qu'il était l'un des médecins participant au colloque voisin, la responsable lui avait proposé de repasser plus tard, promettant, face à tant d'impatience, de lui réserver l'œuvre. Il avait laissé sa carte et, d'autant plus troublé que c'était la première fois de sa vie qu'il achetait une œuvre d'art, s'était éloigné, à peine apaisé, vaguement penaud, pour rejoindre ses pairs.

Ultime hallucination avant qu'il ne bascule dans le vide : une jeune femme grecque nommée Nora Krisakis, en train de se frayer un chemin à travers la foule des praticiens qui sortaient d'une journée entière de conférences. Les rayons d'un soleil oblique transperçaient le couvent de part en part. Il descendait l'escalier de l'ancien réfectoire où le colloque avait eu lieu, et il voyait cette jeune femme se glisser lestement entre des corps vêtus de sombre qui s'écartaient sur son passage. Cheveux noirs et bouclés. Une fille vigoureuse, peau mate, grands yeux noirs, avec un air à la fois sérieux et décidé. La carte de visite de Mathias au bout des doigts, elle était à la recherche de l'acheteur potentiel dont on venait de lui décrire les manières embarrassées.

Miraculeusement, Nora s'était dirigée droit vers Mathias. Son sourire s'élargissait au fur et à mesure qu'elle approchait de lui. Levant son visage vers le médecin qui avait une dernière marche à descendre, Nora avait posé, avec infiniment de naturel, une main sur le tissu gris du costume en disant très simplement : « C'est vous ? »

Sans réfléchir, il avait répondu par la même question : « C'est vous ? »

Autour d'eux, jeunes peintres et vieux obstétriciens se mêlaient progressivement. Les verres de champagne provenant du buffet de clôture du colloque se dandinaient à la rencontre des verres de vin offerts à l'occasion du vernissage. Mathias et Nora s'étaient reconnus. Ils s'étaient trouvés. Ils n'allaient plus se quitter. Très lentement, ne proférant que des banalités, ils s'étaient dirigés ensemble vers la partie du cloître où était accroché *Origine* que Mathias avait tenu à payer sans plus tarder. Comme un enfant, il aurait voulu emporter tout de suite *son* tableau. Le garder près de lui de crainte de ne plus le revoir. Quelques minutes plus tard, pour fuir la foule, Mathias avait proposé à Nora de marcher avec lui dans la nuit, le grand silence d'une colline voisine, sous les premières étoiles. Il avait éprouvé une attirance sensuelle immédiate pour cette fille sortie d'un paysage de commencements. Amer et plein d'ennui quelques instants plus tôt, il désirait le corps de celle qui avait créé ce paysage-là, sans attendre, sa nuque, ses lèvres, ses seins, sa taille, ses doigts, aussi ardemment qu'il avait voulu s'emparer du tableau. En un instant il était tombé dans un amour implacable, amour absurde pour une femme que rien ne le destinait à connaître.

Dans le noir, respirant son parfum, visage contre visage, il l'avait attirée contre lui. Ce n'était pas de l'audace, mais le geste qu'il faut, au moment où il faut. Chirurgical si l'on veut. Nora s'était laissé faire. Avec ce type, elle se sentait plutôt bien, vaguement émue par la façon dont ce Français inconnu s'était précipité sur une image à laquelle elle tenait beaucoup.

Mais qu'avait-elle éprouvé, exactement, à cet instant ? Un homme de plus ? Un mâle de passage plus sympathique que beaucoup d'autres ? Car Nora, à cette époque, se tenait très loin de toutes les complications de l'amour. Seule dans sa bulle. Dans sa vie d'étrangère. Bien sûr qu'elle allait céder à cet homme. Reconnaissante et même enjouée. S'embrasser, se toucher, prendre du plaisir pendant quelques heures ? Pourquoi pas ? Quoi de plus facile ? Mais après ce genre d'aventure éphémère : retour à la paix toujours intranquille du peintre. Confrontation à l'énigme du visible. « Une énigme qui ne se pose que quand je suis toute seule… »

Elle se fichait complètement des sentiments des hommes de rencontre. Une parenthèse sensuelle à l'occasion d'une exposition ? Pourquoi pas ? Quand Mathias lui avait demandé de passer la nuit avec lui, elle avait accepté. C'était tout.

Au moment de ce coup de foudre, Mathias ne connaissait pas grand-chose au monde de l'art. Assez éprouvé par une mission récente, il avait choisi, très provisoirement croyait-il, de rester en France et de diriger ce service, à l'hôpital de Nancey. Il ne se doutait pas que ça durerait vingt ans. Encore moins qu'il passerait autant d'années avec une femme si différente de lui.

Car, après deux nuits et deux jours en compagnie de cette fille bizarre, Mathias, à sa propre surprise, s'était entendu lui proposer de vivre avec lui. De venir peindre, auprès de lui, dans cette région que lui-même connaissait encore mal. Une demande idiote. Qu'est-ce qui lui avait pris ? Mais surprise ! Immense surprise !… Nora avait répondu : « Pourquoi pas ? »

Comme si elle était complètement disponible, elle avait répété : « … Après tout, oui, pourquoi pas ? », sur un ton qui s'efforçait d'être ironique mais sous lequel perçait un mélange de défi et d'égarement. Une façon de dire « Chiche ! », non pas à un homme audacieux mais à elle-même. Donc prête à quitter Paris. Au pied levé. Moins par attirance pour ce type que par une nouvelle envie de départ. Elle avait donc répété : « Oui, je pourrais venir… Et puis on verra bien. » Un « oui » énigmatique mais décidé.

Puis, se mordant la lèvre : « Il y a une chose que vous devez savoir… » Elle lui avait alors expliqué que si elle acceptait de le rejoindre, ce ne serait pas à deux qu'ils vivraient mais à trois ! Et Nora d'annoncer tout de go qu'elle avait un enfant. Elle n'en avait encore rien dit à son ardent acheteur et tout nouvel amant. D'habitude, pourtant, tout lui était prétexte à évoquer son fils, à s'extasier de ses questions d'enfant du genre : « Un jour, tu seras morte, maman, mais quand tu auras fini d'être morte, où on ira tous les deux ? » Il s'appelait Nikos, garçon de presque six ans qu'elle élevait toute seule. Un fils qu'elle n'avait pratiquement jamais quitté. Son gosse. Son compagnon. Son enfant-talisman. La seule de ses œuvres à jamais unique et parfaite. Son petit à elle.

Au lieu d'être contrarié, Mathias avait immédiatement compris que Nikos n'était pas le simple prolongement de Nora, mais un morceau d'elle-même. Chair de sa chair. Cœur de son cœur.

« Mais en ce moment, où est-il ? »

Nora l'avait confié à la fille du galeriste. Tout près. Dans la banlieue de Genève.

« Allons le chercher… », avait proposé Mathias, sans hésiter.

Quelques heures plus tard, Nora réapparaissait, souriante, triomphalement maternelle, tenant par le cou le petit qui lui ressemblait de façon frappante. Mathias observait ce gosse réservé et pensif mais d'un abord facile. Un gamin abritant un vieux sage lui-même enfantin. Une évidence : Nora aimerait toujours cet enfant infiniment plus que n'importe quel homme. Il était sa passion. Sa raison de vivre par-delà ses raisons de peindre. Sans tarder, en attendant que la mère et l'enfant le rejoignent, Mathias s'était mis en quête d'une maison et avait découvert cette bâtisse dominant le lac. Les choses s'étaient faites comme ça.

Il était toujours plaqué contre la paroi rocheuse. Un fossile incrusté le regardait de très loin dans le temps. La douleur était toujours là. Ses tremblements n'étaient pas dus à la panique mais à la tétanisation des muscles. Le vide l'attirait, comme une gueule béante. Les choucas repassèrent au-dessus de lui puis reprirent de l'altitude. Dans le grand silence de la montagne, il crut entendre Nikos qui l'appelait : « Mathias ! » Cette voix apeurée, au milieu de la nuit. Impossible d'oublier cet appel : « Mat ! Viens me chercher… viens tout de suite. J'ai besoin de toi… J'ai de graves ennuis… Vite, rappelle-moi, rappelle-moi ! » Hallucination auditive ou souvenir ineffaçable ? Le cri de Nikos répercuté par la falaise, comme le cri des choucas.

À bout de forces, résigné, il inspira profondément. L'étau se desserrait. Puis sa main se tendit lentement, à l'aplomb de la tête, entraînant automatiquement l'épaule, le torse, tandis que le pied trouvait un nouveau point d'appui. Ses doigts saisirent une prise. Ce n'était plus Mathias qui grimpait, mais un robot intérieur. Son cœur n'avait pas éclaté. Il n'avait pas perdu conscience. Une force surnaturelle parvenait à l'arracher à son extrême faiblesse. Il n'allait donc pas mourir ce jour-là. Ni tomber.

« Pas le bon jour pour mourir ? » D'une dernière traction des avant-bras, il se jeta en travers de la petite plate-forme sur laquelle il avait souvent achevé sa course. D'abord plié en deux, râlant bruyamment, il cherchait à vomir la substance qui lui brûlait le ventre. Il finit par se laisser choir sur le dos, bras en croix, totalement vidé ! Il devait se faire à l'incroyable idée d'être en vie. Allongé là. Vivant ! Les yeux perdus dans le ciel rose. Il aurait aimé assister de très haut à la vie sur terre. S'observer lui-même, petit bonhomme solitaire. Il parvint à mieux contrôler son souffle, à détendre ses muscles endoloris. Plusieurs fois, il cracha loin devant lui, voyant sa salive s'atomiser en petites particules brunes, dans le vide et l'air frais du matin.

Il comprenait qu'il y aurait un « avant » et un « après » ce malaise bizarre. Avoir failli mourir, une douleur aussi violente, les grands loopings de la mort : c'était un avertissement. Par-delà la cime des arbres, leur maison était encore mangée par l'ombre. Nora n'était peut-être pas encore levée. Nora ! Pas question que leur vie commune se poursuive davantage. Minés par un drame qu'ils vivaient chacun de façon différente, ils avaient fait semblant de continuer. Chacun sur sa ligne. Chacun pris par ses propres activités. Les deux lignes avaient tellement divergé qu'il n'y avait plus, entre eux, que silence, rancœur, ou vaine gentillesse. Mais c'était fini. Dès qu'il aurait repris pied, retrouvé le chemin, sa voiture, l'hôpital, il serait prêt à toutes les ruptures. Bien sûr, où qu'il aille et quoi qu'il fasse la vieille inquiétude le suivrait comme une chienne. L'inquiétude était sa chienne fidèle, et alors ?

Combien de temps resta-t-il sur cet étroit balcon, au-dessus du paysage ? Combien de temps se tint-il hors du temps ? Au loin, les contreforts bleutés tombaient à pic dans le lac. On entendait les trompes des bateaux blancs, les bruits de moteur étouffés qui montaient de routes invisibles. À haute voix, pour se donner la force de redescendre, il se répéta que c'était fini. Dès que possible, il proposerait ses services pour une mission de longue durée. Depuis qu'il vivait avec Nora, il n'était parti que quelques semaines par an. Parenthèses exotiques qu'il ouvrait avec un sombre enthousiasme mais qu'il refermait sans regret. Si les « sans frontières » n'avaient pas besoin de lui dans l'immédiat, il trouverait une autre organisation, en France ou à l'étranger. Pas une région du monde où sa spécialité ne soit utile. Au fil des ans, il s'était aussi initié à la médecine tropicale.

Mathias s'y voyait déjà. Son mal mystérieux avait fait place à un profond soulagement. La cheminée rocheuse l'attendait, patiente et sombre comme un tube digestif.

6

La terre est immobile. Les mortels s'agitent. Mais le ciel tourne. La femme endormie que j'observais tranquillement a fini par se réveiller. Elle se livre à présent à d'étranges activités. D'après ce que je comprends, elle a cette manie de fabriquer des personnages difformes, ce besoin de courir les bois.

Au même moment, non loin de là, j'ai repéré l'homme en difficulté, accroché à la paroi d'une falaise. Une escalade qui tourne mal. Présomptueux mortel. Il me faut préciser qu'il s'agit du mari ! Et voilà que le type, en pleine action, semble avoir un malaise. Infarctus ou crise d'angoisse ? À pareille distance, je n'ai guère de moyens pour intervenir. Le sauver relève de mes attributions, mais mes compétences sont si minces désormais, et mon pouvoir tellement affaibli que j'hésite à tenter quelque chose. Le laisser tomber, c'est le cas de le dire ! Pourtant, quand, paralysé par la douleur, il est à deux doigts de la chute, je réussis, en me concentrant très fort, à remettre la machine en marche. Je vais faire en sorte qu'il ne s'agisse pas d'un problème de cœur. Allez, plus d'angoisse que de mal ! Je fais de mon mieux et il ne s'en sort pas si mal. De toute façon, à pareille distance, je ne parviens plus à être efficace.

C'est pourquoi il faudrait que je sois sur place ! Avant, quand j'étais sur le point de faire un miracle, j'avais une sensation de froid derrière la nuque, comme si on m'avait appliqué un linge glacé. Ma respiration se faisait profonde et lente. Ma vision se troublait. Je me sentais à la fois infiniment léger et très lourd. Je ne bougeais plus. Tout baignait dans une lumière dorée.

Je me souviens d'un brave homme qui croyait avoir tout perdu : la vue et son argent. Sans le moindre effort, je m'étais arrangé pour qu'il ne soit plus aveugle et retrouve son bien. Incrédule, il tendait devant lui ses mains tremblantes, ouvrait grands les yeux. Miracle ! Chants et trompettes quelque part dans l'azur. Je revois aussi cette pauvre fille dont tous les fiancés mouraient les uns après les autres. J'ai mis fin à la malédiction. Le jeune homme a même survécu à la nuit de noces. Alléluia !

Quand la merveille était accomplie, j'aimais me tenir avec élégance dans l'embrasure de la porte. Une clarté surnaturelle découpait ma silhouette. Une pluie de fleurs de lys. Des éclats dorés. Quelle image parfaite pour les peintres ! On peut dire que je leur mâchai le chef-d'œuvre. Et puis j'ai perdu la main. Il me faudra donc descendre près des mortels si je veux tenter encore quelques bienfaits.

Comment vais-je procéder avec ce couple ? Alléger le désespoir de la femme ne sera pas facile. Sa blessure est profonde. Lui faire un peu de bien sera une rude tâche. Pourtant, si je pouvais l'approcher, vivre quelque temps *près d'elle, il me semble que j'aurais une intuition géniale.*

Alors ? Vivement cette aventure terrestre. Faute de consignes divines, je prends cette initiative sous mon bonnet d'ange. La bienfaisance, après tout, est ma première nature. Encore un effort, Raphaël ! Si je trouve un passage, ne serait-ce qu'une échelle étroite et désaffectée, je reprends du service.

À force de me pencher sur toutes ces misères, je sens venir une crampe. Tiens, mais qui est cette jeune fille venue s'accouder près de moi ? Elle aussi désire jeter un coup d'œil au monde d'en bas. Qu'est-ce qu'elle cherche ? Nous sommes si nombreux à tourner en rond dans le ciel, désormais. Elle est belle. Nez grec. Cheveux noirs. J'aime son expression étonnée, un brin d'ironie dans le regard. Elle est très légèrement vêtue. Un souffle d'air fait voler son écharpe autour de son corps. Une très longue écharpe aux couleurs de l'arc-en-ciel. Persuadé que nous sommes appelés à nous revoir, je me contente de lui faire un signe de la tête.

7

À l'époque de son premier voyage à Paris, Nora venait d'avoir vingt ans. À peine arrivée, elle avait dû admettre qu'elle était enceinte. D'abord prise de panique, elle n'avait fait que marcher pendant plusieurs jours et plusieurs nuits le long des rues, dans le vacarme ou le silence de la ville. La venue d'un enfant allait lui faire renoncer à son grand projet, l'empêcher de se consacrer à la peinture, lui interdire d'étudier, de rester des journées entières dans les musées. L'idée d'avorter lui faisait horreur. Celle d'accoucher l'affolait. Elle respirait mal. Cette banale catastrophe, elle la vivait dans une solitude absolue, au milieu d'inconnus pressés dont elle parlait encore mal la langue.

Une nuit, elle s'était immobilisée au-dessus de la Seine. Très lasse et nauséeuse, appuyée au parapet au beau milieu du Pont-des-Arts, les yeux perdus dans les eaux noires où tremblotaient reflets et clartés, elle s'était, à sa grande surprise, sentie envahie par un calme étonnant. Des couples déambulaient, des amoureux, des promeneurs, des individus eux-mêmes pleins de soucis. On prétend que certains êtres égarés ou inquiets sont rassurés par ce pont qui vibre sous les pas et donne l'impression de tanguer légèrement, tel un bac fluvial reliant le Louvre à l'Académie avec une lenteur extrême. Ils s'y promènent, y stagnent, y rêvent. Sur le Pont-des-Arts, Nora n'avait plus envie de vomir : voilà qu'elle avait faim ! Extrêmement faim. Le décor avait changé. L'instant était extraordinaire. L'instant passait, avec ses cheveux longs et ses fines chevilles ailées. Il fallait le saisir, l'agripper.

Une paix immense était alors tombée sur la jeune Nora. Gravide, elle se sentait soudain légère. Au fond d'elle-même, c'était un bonheur imprévu qui grossissait à toute vitesse. La bonne nouvelle. Un cadeau de la vie. Pour Nora, les couleurs, jusque-là toutes mélangées dans le gris de l'angoisse, commençaient à se dissocier, à s'affirmer, une par une. Palette toute neuve ou voile d'Iris. La propre enfance de Nora se retirait sur la pointe des pieds et s'en allait toute seule, laissant sur place une future mère. Au-dessous d'elle, le cours très lent de la Seine avait la beauté de tout ce qui ne cesse de devenir.

Au beau milieu du Pont-des-Arts, elle venait de comprendre que cette grossesse, qu'elle aurait pu encore interrompre, n'était pas une malédiction mais un signe heureux. Cette maternité imprévue et sa vocation picturale non seulement ne se contredisaient pas mais s'accordaient, se complétaient. Du nouveau ! Du vivant ! De la chair fraîche ! Les jeux étaient faits, la décision prise : elle garderait l'enfant ! Quelques instants plus tard, remplie d'une énergie nouvelle, en dépit du manque d'argent, elle avait commandé une énorme grillade et une demi-bouteille de vin rouge. Après avoir roulé et tourné longtemps sur eux-mêmes comme des toupies, les dés s'étaient immobilisés.

Que lui importait que le bébé eût été conçu avec un éphémère compagnon de voyage. D'ailleurs, Nora ne se souvenait plus très bien des traits de ce jeune voyageur avec qui elle avait passé deux nuits, peut-être trois, et qui ne lui avait laissé ni nom ni adresse. Son sourire, ses manières à la fois douces et viriles, sa peau dorée, ses cheveux presque blancs, ses allures de vieil adolescent faisaient de ce garçon une apparition bizarre. Il n'était pas particulièrement beau, mais il y avait dans ses mouvements, dans son expression quelque chose de troublant.

Pourquoi ce type, qu'elle n'avait pas vu arriver à la gare routière, avait-il choisi d'engager la conversation avec une fille grecque encombrée d'un sac à dos, d'une mallette et d'un immense carton à dessin ? Tout, chez lui, semblait signifier qu'il était de passage, partout de passage, plein de gentillesse et de disponibilité immédiate, mais comme absent à ce monde, ou venu d'ailleurs. Peu de bagages, un bras bronzé qu'il avait posé sur le dossier de la chaise de Nora buvant sa bière glacée toute seule, puis autour de ses épaules. Il s'était tout de suite adressé à elle en grec — comment savait-il ? —, mais elle s'était vite aperçue qu'il parlait couramment de nombreuses autres langues. Il ne lui avait pas révélé sa nationalité. S'il en avait une ! Ils avaient pris ensemble le car reliant Athènes à Igoumenitsa, puis le bateau jusqu'à Brindisi. Enfin, des trains en Italie et jusqu'en France. Dès leur arrivée à Paris, au buffet de la gare de Lyon, il avait prétendu ne s'éclipser que pour un instant : « Ne bouge pas. Je reviens… » Et il avait disparu. Après quelques jours, Nora s'était souvenue l'avoir entendu dire qu'il passait sa vie en voyage, qu'il allait et venait sans cesse, chez lui partout, ne se fixant nulle part.

Du jour où elle avait tenu son bébé dans ses bras, Nora avait eu la certitude d'être à sa place partout sur la terre. Quoi qu'il arrive, l'enfant était là ! Le sien. Elle avait décidé qu'ils resteraient toujours ensemble. Le monde était à eux. Elle ne se lassait pas de regarder le petit dormir, sourire, ouvrir de grands yeux. Elle s'émerveillait de le voir jouer, bouger, commencer à babiller.

Jamais elle ne s'était intéressée à l'existence des enfants avant d'être enceinte. Se désirant précocement artiste, elle ne se croyait pas concernée par la maternité. Et voilà qu'elle était folle de ce petit tombé du ciel ! Sur la table d'accouchement, elle avait tenu à le prendre contre elle, l'avait humé, serré, couvert de baisers. Il avait ouvert les yeux. Désormais, elle allait regarder le monde à travers son regard. Plaisir sans fin renou-

velé. Les premiers mois. Les premières années…
Écouter l'enfant, le consoler, lui raconter mille
choses… C'était plus fort que n'importe quelle
aventure de trois jours ou trois mois avec tel ou
tel de ces mâles qui la déshabillaient du regard,
n'arrêtaient pas de lui faire des avances et auxquels elle cédait de temps à autre, forcément.
Elle tenait à ce que Nikos l'accompagne partout.

Au début, à Paris, alors qu'elle était serveuse le
soir dans les restaurants et cabarets grecs autour
de Beaubourg, afin de pouvoir peindre dans la
journée, elle le faisait dormir dans une arrière-
salle vide et obscure, sur une banquette. Dès
qu'elle avait une minute, elle courait contempler
le petit endormi. Revenue dans leur studio, après
minuit, après avoir porté l'enfant endormi dans
ses bras, elle l'allongeait à côté d'elle. Les yeux
ouverts, suivant le mouvement des lumières et
des ombres sur le mur nu, elle écoutait les rires
qui montaient de la rue, en dessous de chez elle.
Dès qu'elle se mettait à peindre, elle laissait Nikos
toucher la toile encore fraîche, presser les tubes,
se colorer les doigts, imprimer la trace de ses
petites mains dans la pâte de la toile à laquelle
elle travaillait. Dans le tableau achevé subsistaient
ces empreintes minuscules.

Les premières années, désireuse de découvrir
la France, Nora se lançait parfois dans de courtes
expéditions, le couffin de Nikos à bout de bras,
ou bien l'enfant retenu contre sa poitrine par
une longue écharpe. La présence du petit la mettait à l'abri du danger. Elle aurait pu aller au

bout du monde. Lorsqu'elle disposait d'un peu d'argent, elle prenait le train. Sinon, elle faisait de l'auto-stop. Porte d'Orléans, porte de Saint-Cloud, au départ des autoroutes, les automobilistes s'arrêtaient presque tout de suite. « Avec le petit on n'allait pas vous laisser attendre dans ce vacarme ! » Pour alimenter la conversation, dans le ronronnement du moteur, Nora parlait de l'enfant, de la Grèce ou de la cuisine grecque. Jamais de peinture.

Pour son premier voyage, elle avait choisi Étretat. Son cœur battait en attendant d'apercevoir la falaise. Elle voulait croire que son bébé était aussi impatient qu'elle.

« Tu vas voir, Nikos, tu vas voir… »

À quatorze ans, à Syros, elle s'était acheté, avec son argent de poche, un très gros livre sur l'œuvre de Claude Monet. Approchant du rivage normand, le petit serré contre elle, elle imaginait par avance l'Arche, l'Aiguille, mais surtout les vagues de Monet, la roche, le ciel comme autant de traits, petites touches et frêles insectes de pâte posés sur la toile. Du vert émeraude, du rose, des gris, des dizaines de bleus, des intervalles dorés, bruns, blancs écumeux, qu'on pouvait considérer indépendamment du paysage. Vibration continue. Chocs colorés. L'Arche et l'Aiguille d'Étretat, si célèbres, reproduites en milliers de clichés, n'avaient plus rien d'un phénomène géologique : sous les yeux de Nora, ils sortaient directement des mains de Monet, et la mer n'était rien d'autre qu'une multitude de coups de pinceau sur le rectangle du visible.

Nora avait tenu aussi à se rendre au mont Saint-Michel, mais c'était du sud de la France qu'elle espérait le plus. Elle avait attendu de disposer d'un bon pécule, additionnant mentalement, chaque soir, les pourboires qu'elle raflait sur les tables, pour se rendre en Provence, à Aix, « chez Cézanne » comme elle aimait dire, où la vision de la Sainte-Victoire allait l'ébranler pour longtemps. C'était au cours de ce pèlerinage, toujours en compagnie de Nikos qui commençait à marcher mais qu'il fallait souvent porter dans les bras, qu'elle avait réussi à passer deux jours et deux nuits dans les carrières de Bibémus. À l'époque, dès que le soir tombait, des jeunes gens se glissaient sur le site mal gardé. Ils allumaient du feu entre les rochers, buvaient et faisaient la fête jusqu'à l'aube. Pour Nora, le choc avait été violent.

Ces carrières où Cézanne était si souvent venu peindre, c'était la Grèce ailleurs qu'en Grèce. De la Grèce devenue italienne, tout en restant profondément française. Pins et cyprès, fontaines et vignes, roches jaunes et grises. Dans le crissement puissant des cigales. Mais ce qui avait fasciné Nora, à Bibémus, autour du cabanon de Cézanne, c'était les blocs, ce faux chaos de rochers découpés géométriquement par les hommes depuis des siècles pour construire des maisons ou des temples. Cubes, polyèdres, pans obliques. Un paysage millénaire, artificiel et naturel, qui captait la clarté du jour par dix mille facettes martelées par le soleil.

Par chaque faille ou fêlure du minéral, la végétation surgissait, grande maîtresse des ombres, grande ordonnatrice des courbes mais capable d'imposer de loin en loin la verticalité souveraine d'un cyprès ou l'oblique du tronc d'un pin. « Ce n'est pas possible ! se répétait la jeune Nora qui s'était jointe spontanément aux jeunes fêtards de Bibémus. Je m'endors sous les étoiles, à côté de l'endroit où Cézanne a dormi. La première lumière de l'aube m'éveillera là où il s'éveillait, et, comme lui, je dessinerai et peindrai. » Elle sentait le corps de Nikos blotti contre le sien, tous deux allongés, près du feu moribond, à même la terre encore tiède.

Tout petit, déjà, Nikos s'emparait des crayons et pastels de sa mère, et faisait silencieusement ses propres dessins d'enfant tandis qu'elle-même, revenue dans leur petite chambre à Paris, enduisait une toile, appliquait les couleurs en montant sur une chaise pour atteindre le haut du tableau. Depuis le début, Nora cherchait à faire jaillir une certaine lumière, entre barreaux et barbelés. Un jour, un bel enfant de chair, venu de l'autre côté du miroir, l'avait rejointe. C'était un signe. Un jour, la promesse de la lumière serait tenue.

*

À la même époque, alors qu'il ne connaissait pas encore Nora, tout ce que souhaitait Mathias c'était des arrivées brutales dans des contrées lointaines. Tomber du ciel. L'air brûlant du matin sur le tarmac d'un aéroport de fortune. L'odeur de caoutchouc, d'essence et de jungle. La route bordée de palmiers rachitiques, couverts de poussière. Les cases en tôle devant lesquelles s'agitaient des gosses à moitié nus. Au loin de la fumée noire, signe que des combats avaient lieu ou que des réservoirs étaient en feu. De longues files d'individus chargés de paquets qui fuyaient un danger. Puis le premier barrage. Parfois des militaires chaussés de rangers sans lacets qui se tenaient derrière des herses rouillées. Des types bigarrés, avec kalachs et machettes, barraient le chemin avec des troncs d'arbre. Il fallait leur tendre un laissez-passer déjà bien froissé. Ils rigolaient en regardant les croix rouges peintes sur le capot. Ils faisaient des histoires. Ils pouvaient tuer pour se distraire.

Dans d'autres régions du monde, il lui était arrivé d'attendre le gars coiffé d'un pakol et chaussé de sandales qui saurait le guider jusqu'à un petit centre de soins improvisé, une baraque sommaire où d'autres toubibs s'affairaient déjà et où des femmes aux gros ventres patientaient, résignées, debout dans la chaleur. Après un accouchement interminable, dans une pièce mal éclairée au sol en terre battue, il sortait un moment, ébloui par tant de lumière. Il aurait voulu s'imprégner du paysage, le ciel bleu sombre, la neige rose, très haut, très loin, et les torrents argentés dont on entendait le fracas, mais il fermait les yeux et s'endormait assis, le dos contre un mur de terre chauffé par le soleil.

Il prenait aussi un plaisir particulier aux fins de mission. La grande fatigue attendait le moment exact où il faisait le point sur la situation avec le nouvel « humanitaire » arrivé le matin même. Au lieu de rentrer aussitôt en France, il choisissait de rester quelques jours sur place, et errait dans les zones les plus pauvres, ruelles ou quartiers de villes où tout semblait à l'abandon, rongé par une crise qui n'était pas seulement due à la guerre, au passage dévastateur de bandes rebelles, à la menace de bombardements, à l'afflux de réfugiés, à un récent tremblement de terre, mais à une malédiction éternelle et rampante qui durait depuis des décennies, à un mal endémique que les habitants de telle ou telle contrée avaient toujours connu, avant les combats, avant la dernière « saison de la faim ».

Livré à lui-même, Mathias se mettait en quête d'une sorte de coquille. La chambre rudimentaire d'un hôtel miteux faisait l'affaire. Le plumard grinçant d'un boui-boui indigène. Dans ce refuge sordide, personne au monde n'aurait pu le retrouver. Et à ses yeux, c'était un luxe. Rester des heures immobile. Il aurait pu aussi bien mourir. Calmement mourir, sans faire d'histoires. « Mourir seul et peinard », comme il disait.

Il pouvait demeurer de longues heures, en pleine journée, allongé à même le matelas crasseux, les mains derrière la tête, les jambes croisées, à écouter les bruits qui lui parvenaient. Les yeux fixés aux pales gluantes du ventilateur qui ne fonctionnait plus depuis longtemps mais qui surplombait son corps très las comme un moustique géant, un oiseau de malheur ou le squelette d'un vieil ange. Les mouches bourdonnaient, se posaient sur son front et ses joues, sans qu'il bronche ni ne les chasse. Puis il s'endormait comme une brute.

À d'autres moments, il écoutait les bruits du monde. La pétarade des mobylettes, des chocs métalliques, les cris des gosses jouant au foot avec des bouteilles plastique vides, les voix des femmes dont l'affolement soudain ou la nonchalance chantante renseignaient sur la proximité du danger. Dans les couloirs ou les escaliers du boui-boui, ça gueulait aussi, ça s'engueulait, mais Mathias, faute de clef, avait bloqué la poignée de sa porte avec le dossier d'une chaise. Il pouvait tout revoir, ou tout effacer. Ne plus penser à rien tandis qu'un souffle chaud, venu de la rue par la fenêtre ouverte, gonflait et soulevait le tissu bariolé qui servait de rideau.

Parfois, la femme sans âge de la réception ou le tenancier poilu avec son T-shirt marqué AC/DC montait l'escalier, tambourinait à sa porte pour lui demander s'il voulait une fille. Souvent il refusait, sauf lorsqu'un besoin de beauté, de jeunesse, ou tout simplement de corps féminin se faisait trop pressant. Il était toujours profondément attendri par ces filles égarées au milieu de tant de désespoir. Leurs yeux de biche, leurs gestes lascifs, machinaux et naïfs. Leur application enfantine à donner du plaisir. Leur complet je-m'en-foutisme. Il s'efforçait d'être gentil avec elles. Infiniment reconnaissant pour un misérable lambeau d'amour. Il leur donnait l'argent qu'elles demandaient et souvent un peu plus afin qu'elles ne restent pas trop longtemps dans sa chambre, car il n'était bien que seul.

À trente ans, il était persuadé que ces états d'abandon et de vide, il ne connaîtrait que ça toute sa vie. Et puis, à trente-six, il avait rencontré Nora Krisakis.

Lors de son premier séjour clandestin en Afghanistan, il lui était arrivé une étrange aventure. Dans ce pays au bord du chaos, un vrai coup dur. En pleine montagne, un bébé prématuré mal engagé et asphyxié. La césarienne impraticable. La femme trop faible pour pousser. L'enfant n'avait pu être sauvé. Un peu plus tard, impossible d'arrêter chez la mère, qui serrait contre elle le petit cadavre, une de ces terribles hémorragies de la délivrance. Vraiment la poisse ! Mathias avait tout tenté. En vain ! Alors, ne suivant plus aucune règle de prudence, le jeune docteur avait décidé de conduire à toute vitesse la pauvre femme qui s'affaiblissait jusqu'à un camp de soldats soviétiques situé à une demi-heure. Ils disposaient de tout le matériel d'urgence nécessaire. Mathias avait allongé sa malade sur la plate-forme arrière d'un pick-up, et foncé droit devant lui par de mauvaises pistes, sachant qu'à chaque cahot la femme saignait de plus belle.

Soudain, un passage à gué. La rivière en crue. Les eaux tumultueuses qui descendent des hautes montagnes afghanes sont glacées. D'un coup de volant, Mathias s'engage dans le lit débordant, au milieu de grandes gerbes d'eau. Le véhicule se trouve vite immergé jusqu'au-dessus des roues. Accélération à fond ! Le moteur lutte contre le courant. Puis le pick-up heurte une grosse pierre et s'immobilise au milieu du gué. Moteur noyé. Mathias saute dans l'eau et s'accroche comme il peut à la carrosserie pour rejoindre la femme. Le niveau monte. Le véhicule bouge, entraîné par le courant. L'eau glacée lui arrive déjà à la taille. Cent poignards transpercent ses jambes, ses cuisses, son ventre. Bientôt, il ne sent plus ses pieds. Il tire à lui la femme recroquevillée, puis, la soutenant comme il peut, il tente de franchir la distance qui les sépare de la rive. Une progression très lente tant la femme se laisse porter. Plus petite que lui, elle a de l'eau jusqu'au cou. Ils avancent, trébuchent, emportés sur une fatale diagonale. Ils atteignent le bord, s'effondrent sur une berge pierreuse. Leurs dents claquent. Leurs corps glacés secoués de frissons. Puis la femme cesse de bouger.

Dans un ultime effort, Mathias se redresse, se donne de grandes claques, agite ses membres, va ramasser par poignées une herbe jaune et rêche puis s'agenouille près de la femme qu'il frictionne avec vigueur, les pieds, les jambes, le buste. Il lui arrache sa tunique, son voile gluant d'eau froide. Il souffle sur son visage, sur sa bouche, se couche sur elle, et frotte tant qu'il peut sa chair pâle. Elle respire faiblement. Bientôt, le soleil de fin d'après-midi, qui apparaît par intermittence dans les trous de la couche nuageuse, les réchauffe. Mathias est accroupi près de l'Afghane livide. Il l'examine. Il lui semble soudain absurde d'examiner cette inconnue, là, sur cette rive déserte, alors qu'ils ne sont que deux êtres épuisés. Il fait l'examen malgré tout. Le bleu du ciel ne cesse de s'élargir. Le vent chasse les nuages. C'est alors qu'il découvre que l'hémorragie a cessé. Complètement. Plus de sang. Plus d'écoulement. Comment est-ce possible ? La rivière a lavé tout le sang sur la peau. Il attend encore. La femme est vivante et aucun sang ne coule. Sa poitrine remue de façon plus ample, plus régulière. Les minutes passent. Elle geint. Son souffle est brûlant. Mais toujours pas de sang. L'Afghane fixe le toubib avec ses grands yeux noirs. Le pick-up, au milieu de la rivière furieuse, s'éloigne en tournoyant sur lui-même. Enfin, le soleil est là. Des cimes, toutes mauves de neige, apparaissent au loin. Dans le fracas de la rivière, sur cette berge couverte d'herbe et de petites fleurs, complices mais à jamais étrangers l'un à l'autre, ils restent longtemps allongés, sans rien dire.

De ce bord de rivière afghane, Mathias s'était toujours souvenu comme d'un instant très pur, suspendu dans le temps, le site d'un misérable miracle. Ainsi, au cœur des guerres, comme au cœur de batailles plus intimes, il subsiste d'inexplicables replis où règnent la paix, le calme et l'oubli.

En général, l'endroit du monde où l'envoyait l'organisation lui était complètement indifférent. Il assistait sans mot dire aux réunions au cours desquelles médecins volontaires, responsables de la logistique, hommes de terrain et dirigeants étaient assis face à un planisphère sur lequel sont marqués tous les points chauds de la planète, théâtres de guerre, rébellions, guérillas, sécheresses, famines, zones d'épidémie, catastrophes naturelles…

L'organisation se voulait indépendante mais la politique des États et d'obscurs intérêts économiques hantaient et troublaient chaque intervention. Tout choix était stratégique. Rapports de forces. Calculs compliqués. Les services secrets infiltraient les ONG sur lesquelles s'exerçaient des pressions de toutes sortes. La décision d'intervenir ici plutôt qu'ailleurs était le résultat d'une savante cuisine géopolitique dont Mathias se foutait totalement. Peu loquace pendant la réunion, il attendait qu'un « nom de pays » fût prononcé, une destination choisie, un objectif fixé. Une seule chose comptait : y aller !

Un jour, un ami de Mathias avait baptisé ce fulgurant survol des maux et malheurs de la planète « le regard de l'ange ».

« Nous sommes des sortes d'anges, non ? On considère tout ça de très haut, on se décide à descendre. Sur place, on arrange les choses et puis on remonte…

— Non, pas des anges ! avait protesté Mathias. Les raisons pour lesquelles on fait tout ça ne sont pas forcément très claires. Plus tordues qu'angéliques, parfois. »

Il avait pourtant gardé, depuis une lointaine enfance, un souvenir exquis du mot « ange ». « Tu es un ange ! » Quatre mots entendus alors qu'il avait neuf ou dix ans. Sorte de compliment tombé de la bouche d'une clocharde obèse et lasse qui poussait un chariot rouillé de supermarché rempli de ses pauvres propriétés, des sacs, des chiffons, des cartons. Il aimait faire des détours en revenant de l'école, et avait croisé cette femme au moment où elle s'apprêtait à gravir l'escalier raide et interminable de la passerelle qui enjambait la voie ferrée près d'une petite gare. Pour l'aider, il avait tiré de toutes ses forces le lourd caddie, marche après marche, sans précautions, avec de terribles secousses, jusque de l'autre côté de la passerelle. La grosse femme essoufflée montait derrière lui en pestant. Un vagissement avait soudain fait sursauter le petit garçon serviable. Un cri acide qui provenait du fond du chariot, sous les hardes et les paquets. Soulevant des choses innommables, il avait alors découvert un bébé minuscule, un bébé bien vivant, rougeaud et sale. Sans doute une fille, enfouie dans ce landau de ferraille qu'il avait trimballé sans se douter de la présence d'un enfant si petit. Tout de suite, sans réfléchir, il avait dégagé puis extrait le petit corps et l'avait pris dans ses bras. Le bébé ne pleurait pas. Il ouvrait de grands yeux. N'ayant jamais appris à porter un bébé, Mathias en était encombré, mais il hésitait à le rendre à la femme qui, parvenue au sommet de l'escalier, le considérait d'un air goguenard. Que faire ? Envie de pleurer. Un mélange de fierté et d'impuissance. C'est alors que la clocharde s'était écriée : « Merci, merci… Tu es un ange, mon garçon, oui, un ange, et je m'y connais, tu sais… » Gêné, Mathias avait tendu ce bout d'enfance à la femme couverte de sueur et s'était sauvé en courant. Dans son dos, la femme, peut-être plus saoule qu'il ne l'avait cru, replaçait l'enfant dans le caddie en répétant à tue-tête : « Un ange du ciel… Un ange… »

Longtemps Mathias avait revu distinctement ce nouveau-né, avec son visage irrité et sale, sous les paquets. Il sentait bien qu'il aurait dû faire quelque chose, mais il avait abandonné la pauvre femme et son bébé à leur destin. Il n'était qu'un enfant. Il avait découvert, par hasard, une vie minuscule et secrète. Déjà, cette clarté des grands yeux qui s'ouvrent. Déjà, cette déception et cette blessure.

« Mon ange ! », le même mot, prononcé par Nora elle-même, les premiers temps de leur vie commune. « Mon ange ! », tantôt au plus fort de l'amour, lorsqu'elle sentait venir la jouissance, tantôt dans l'atelier, lorsqu'elle nouait ses doigts tachés de bleu derrière la nuque de Mathias, appuyait son front contre sa poitrine, « mon ange ! », comme pour le remercier d'avoir dit ce qui lui passait par la tête à propos d'une toile en cours. Drôle d'ange. La bête jamais bien loin.

8

Miraculé mais sans joie, Mathias redescendit de la falaise comme un automate. Il traversa le jardin et fit sans bruit le tour de la maison pour que Nora n'entende rien. Il n'avait qu'une hâte : sauter dans la vieille Volvo et rejoindre l'hôpital. À cette heure, dans tous les services, les soins battaient leur plein. Les saluts et sourires des collègues ne parvenaient pas jusqu'à lui. Que venait-il faire ? En ces lieux tellement familiers, il était devenu un fantôme, un type de passage. L'étranger.

Il claqua derrière lui la porte de son bureau mais, au lieu de prendre une douche et de se changer, il se laissa tomber dans le fauteuil, cerné par l'idiotie des choses. Absurde, cette accumulation de paperasse ! Grotesque, l'armoire aux dossiers ! Dérisoire, l'ordinateur où dormaient mille renseignements cliniques aussi indestructibles que des déchets radioactifs. La porte claqua à nouveau. Firmine venait d'entrer en trombe. Sans frapper.

« Mathias ! Qu'est-ce qui t'est arrivé ? On t'attendait. On t'a cherché partout. Je t'ai appelé dix fois, vingt fois. J'ai même téléphoné chez toi, mais ça sonnait dans le vide. C'est vrai que Nora ne répond jamais… Enfin, dis-moi ! »

Elle gardait une main sur sa blouse blanche, à la place du cœur, comme pour en calmer les battements. Elle était en sueur, il y avait de la buée sur ses lunettes à monture d'écaille qu'elle ôta et fourra dans sa poche. De ses grands yeux sombres elle examinait Mathias, à l'affût de signes prouvant qu'il allait bien. Mais elle n'osait pas l'approcher. Puis sa main glissa jusqu'à la petite croix d'argent qui brillait sur sa peau noire, dans l'échancrure de la blouse.

Mathias tenta de lui sourire, mais il ne parvint qu'à esquisser une grimace penaude d'enfant fugueur. Firmine s'était d'abord dit « Bon, il est vivant ! » mais elle voyait que quelque chose était cassé. Trop tard ! Impossible de faire un pas en direction de cet homme tassé dans le fauteuil. Entre lui et Firmine, une faille s'élargissait.

« Dis-moi, mais dis-moi ce qui t'est arrivé ! On t'a bipé, téléphoné ! On t'a attendu le plus longtemps possible. On a appelé Charles en urgence pour te remplacer. Il a fait face. On a reporté tes consultations… Qu'est-ce qu'il y a ?

— Rien ! ça va aller. Tant pis pour le retard ! Préviens le service que je serai là d'ici une demi-heure. »

Il tenta de se mettre debout en prenant appui sur les accoudoirs. Traits tirés, visage décomposé.

Elle l'avait vu souvent brisé de fatigue, les yeux cernés par de longues heures passées à opérer. Mais là, il s'agissait d'une fatigue venue d'ailleurs. De profondeurs secrètes auxquelles Mathias ne lui avait jamais donné accès. Elle comprit, une fois de plus, qu'il ne voudrait pas en parler.

« Écoute, Mathias, je ne sais pas ce qui t'arrive. Tu te doutes que j'étais très inquiète. J'ai tout imaginé. Un accident… Tu sais, cette manie de grimper, sans jamais t'assurer, me fait très peur. Bon, tu es là… mais je sens que c'est grave. Il s'est passé quelque chose avec Nora ? Elle a fait un truc dingue ? Disparu ? Quoi ? Mais toi, tu ne me diras rien, hein ? Tu vas te taire, comme d'habitude. Te doucher, enfiler ta blouse et basta… Chacun son rôle, c'est ça ? »

Mathias restait muet. Elle éclata.

« Et c'est quoi, mon rôle à moi ? Me taire aussi ? La fermer en permanence ? Ne pas chercher à comprendre ? Ah ! oui, *te prendre comme tu es*, c'est ce que tu m'as toujours demandé. Tu parles ! Mon rôle ? Déboutonner ma blouse, vite fait, lorsque tu as besoin de mon corps. Enfin, pas forcément du mien ! D'un corps de femme. Je sais que ma peau t'excite un peu plus qu'une autre peau. Une *Black*, ça te rappelle des souvenirs, j'imagine. Mais moi, ce que je ressens, ce que je désire, ce que je suis, ça t'est bien égal ! Ce que j'éprouve, non, ce que j'ai éprouvé pour toi, tu n'as jamais cherché à le savoir. Parce que ça dérangerait la petite organisation de ta vie. Avec Nora au milieu, bien sûr ! Même si elle s'est tellement éloignée de toi… Et merde, d'ailleurs je m'en fous ! Foutus, complètement foutus, voilà ce que vous êtes, elle et toi. »

Elle reprit son souffle et poursuivit :

« Reconnais que je ne t'ai jamais rien demandé. C'était ça, le pacte entre nous. Un pacte entièrement à ton avantage, mais tant pis, je l'ai respecté. Toi, tu n'as jamais fait le moindre effort ! Par lâcheté ? Par égoïsme ? Après tout je m'en fiche.

— Détrompe-toi, Firmine. Tout ce que tu me reproches, je me le reproche aussi. Mais c'est comme ça ! Je ne t'ai obligée à rien. Tu voulais bien, non ? Tu m'as répété tant de fois que tu n'en demandais pas plus. Il t'aurait suffi de me dire "Assez". Je me serais passé de ton corps. Difficilement, c'est sûr, mais… Comme je peux me passer de tout, tu sais… Aujourd'hui plus que jamais.

— Oh ! le héros ! Le petit docteur héroïque. Abstinent ! Ascétique ! Besoin de personne, hein ? Un dur, ça ! Mais ne pouvant s'empêcher de retourner dans sa grande maison vide, de veiller sur sa femme artiste, ou dingue, je ne sais pas… Moi aussi je peux me passer de toi, tu sais. Je suis libre. J'élève seule mes deux enfants. Sans homme. Sans personne. Je veille sur eux. Je travaille dur, ça tu le sais. La solitude, je n'ai connu que ça ou presque. Alors… Je sais que tu ne supportes pas qu'on s'attache à toi. À part ta Nora ! Mon Dieu ! Pourquoi a-t-il fallu que j'aime tes côtés tordus, tes côtés sinistres et antipathiques. Ta connerie, pour tout dire ! Moi, au moins, je

sais aimer. Je trouve même que c'est facile. Désespérant, mais facile. Toi, tu as aimé une seule fois
dans ta vie. Tu n'en es pas revenu, c'est le cas de
le dire ! Il y a longtemps. Et ça t'a suffi. Tu sais
soigner, soulager, mettre au monde, mais tu n'as
rien à donner. Tu es sec, sec, sec…

— Je vais partir, Firmine. Pas pour quinze
jours, pas pour un mois. Partir. Ce matin j'ai eu
une espèce de malaise. J'aurais dû mourir. J'ai eu
si mal que j'ai d'abord cru que c'était le cœur.
Peut-être rien qu'une foutue angoisse, après
tout. Mais au-dessus du vide, ça ne pardonne pas.
C'était un signe. Quelque chose qui m'a rattrapé.
Une saloperie qui me suit, comme mon ombre,
depuis longtemps. Mais peut-être que tu la voyais,
toi, cette sale bête ? Tu l'avais repérée dans mon
dos, accrochée à ma nuque, et tu ne disais rien.
Peut-être que ça me donnait — à tes yeux ! — un
charme supplémentaire ?

— Vois-tu, Mathias, je savais que ce moment
viendrait. Que tu me dirais : "C'est fini." Je pensais seulement que tu aurais le courage d'arrêter
plus tôt, de changer tes petites habitudes avec
moi. Mais dans ce domaine-là, ton courage… De
toute façon, je ne crois pas que tu sois vraiment
capable de changer. Pauvre Mathias ! Au fond je
te plains. »

La lumière avait brusquement baissé dans la
pièce étroite. Mathias s'approcha de la fenêtre, y
appuya le front. Ciel noir, d'un seul coup. Des
nuages s'étaient accumulés au-dessus du lac,
gigantesque goutte de mercure sous les éclairs

silencieux. Le vent tordait les pauvres arbres plantés dans les parkings de l'hôpital. Soudain, de grosses gouttes. Mille crachats contre les baies vitrées. Les montagnes disparurent dans une masse de coton sale. Mathias pensa à la falaise, quelques heures plus tôt, à leur maison sous la falaise, à Nora dans la maison. « Que fait-elle, à l'instant ? Qu'invente-t-elle ? » Quel dommage qu'un raz de marée ne puisse se produire dans cette pittoresque région lacustre ! Tout submerger. Tout effacer. Jusqu'aux souvenirs et aux identités.

Pendant que dehors la tempête grossissait à toute vitesse, il ouvrit en grand le robinet de la douche, attendit une minute, la main tendue sous les jets brûlants. Pressé de fermer les yeux sous l'eau, il fit à Firmine un sourire désolé. Il était repris par un désir de risque. Quand il souriait ainsi, un peu d'enfantin fragile et malin se mêlait à sa vieille assurance. Firmine le regarda. Il était loin. L'air détaché mais plein de charme. La fille noire fit deux pas vers le médecin ruisselant. Une minute plus tôt, elle aurait aimé le griffer, le frapper. Soudain, elle avait envie de poser ses doigts sur son bras nu, sur son buste, sa chair d'homme blanc. Le toucher, ne serait-ce que pour se prouver qu'un tel type existait. Sentir une dernière fois son corps contre le sien. Un homme comme tant d'autres, mâle mélange de solitude et de bêtise, de brusquerie et de douceur, mais qui avait tant compté dans sa vie à elle, Firmine.

9

Après avoir passé la matinée à tourner en rond, Nora s'empara d'un marteau, et enfonça de longs clous noirs un à un dans un morceau de tronc d'arbre bientôt hérissé de piquants comme une idole. Un jour, elle avait traîné jusque dans l'atelier ce cylindre de bois à moitié fendu et l'avait dressé comme un mât totémique. Un tronc tellement rongé par les termites que l'intérieur s'en effritait sous les doigts en grandes esquilles molles.

Dehors, le vent agitait les branches du tilleul. Elle ignorait, évidemment, ce qui était arrivé à Mathias au début de la matinée mais, dès son réveil, elle avait senti que ce jour commençait sous de mauvais auspices. Un foulard invisible l'étranglait. Des petits démons à têtes de loup ricanaient sous le tilleul. Était-ce pour conjurer cette obscure menace qu'elle fabriquait encore une créature ?

Glissant sa main dans la fente du vieux tronc, elle creusa à l'intérieur de petites cavités. Puis elle s'appliqua à remplir ces trous avec des cheveux humains. Des cheveux de femmes qu'elle extrayait par poignées d'un sac. C'était la coiffeuse de la Grand-Rue qui lui procurait ces paquets de cheveux coupés sans bien comprendre à quel usage ils étaient destinés. Son impression d'étouffer augmentait. L'idole couverte de clous serait-elle assez forte pour détourner la foudre noire qui menaçait de tomber en plein jour? «Je me protège comme je peux...» Pour finir, elle lui planta une barre de fer en guise de cou et se servit d'un ballon de cuir à demi crevé pour faire une tête sur laquelle elle traça des signes mystérieux à la peinture blanche. Plus bas et de chaque côté du tronc, elle fixa sept paires de petits bras roses arrachés à de vieilles poupées en celluloïd.

Elle avait fabriqué encore plus vite que d'habitude ce bonhomme aux membres atrophiés et aux minuscules doigts potelés. Un nouveau compagnon. Il allait avoir du boulot!

Les nuages masquaient à présent le soleil, et l'ombre envahissait l'atelier. Brusquement, excitée par l'orage qui approchait, Nora enfila ses bottes, un vieux blouson de cuir trop grand pour elle et se sauva dans la forêt. Courbée en deux, elle se lança directement dans la pente. Les bourrasques, de plus en plus fortes, faisaient un vacarme de tous les diables. Les arbres grinçaient et craquaient. Une main démesurée froissait la canopée. Une fois de plus, elle s'enfonçait dans la sauvagerie. Un rêve végétal. Des griffures bien réelles. L'humus et le sang.

Elle choisit de faire un détour par le flanc de la montagne. Entre les troncs tordus des hêtres et les colonnes noires des conifères, on apercevait le lac. Une ancienne tempête avait à cet endroit déraciné et renversé un sapin. Un bel arbre qui avait tenu cette position de guetteur de vide pendant plus de cent ans, désormais couché de tout son long au milieu des branches brisées, racines à l'air.

C'était exactement auprès de cet arbre mort que Nora s'était retrouvée, six ans plus tôt, le soir du drame. Elle était partie en poussant un cri épouvantable. Mathias venait de la ramener de l'hôpital où elle avait vu ce qu'elle avait exigé de voir. « Je veux le voir ! Le toucher. Je veux le voir comme il est ! » Elle avait exigé ça, en enfonçant ses ongles dans le bras de Mathias.

Elle avait vu. Et il avait fallu l'arracher à ce spectacle. Sur la route de la maison, blottie à l'arrière de la voiture, elle n'avait pas dit un mot, pas pleuré, rien. Mathias ne l'entendait pas même respirer. Mais à peine descendue, ou plutôt tombée de la voiture, elle avait poussé ce cri, et s'était enfuie à toutes jambes sans cesser de hurler. L'obscurité des bois l'avait avalée. Dans la lumière des phares qui découpait de grandes ombres, Mathias n'avait tenté ni de l'arrêter ni de la poursuivre.

À force de courir, elle s'était heurtée au sapin mort dont les tentacules terreux remuaient dans l'ombre. Elle était tombée, essoufflée, malade à vomir, près de cet arbre horizontal. Puis elle avait cessé de crier. La lune était immense et ronde au-dessus du lac. À quatre pattes, elle s'était glissée entre les racines comme dans une main aux cent doigts crochus, un nid horizontal, un abri d'écorce et de terre. C'était là que Mathias l'avait retrouvée, transie et hagarde, alors que les rayons du soleil commençaient à peine à la réchauffer.

Après le drame, les premiers mois, c'était toujours auprès de ce tronc qu'elle venait se blottir. Presque chaque jour. Elle souhaitait que les tentacules se contractent, se referment sur elle et l'étouffent. Ou bien que ces longs bras soulèvent son corps et le bercent. Au fil du temps, elle avait transformé cette cage en cabane sommaire. Elle avait tressé ensemble racines et branches mortes, puis recouvert le tout de rameaux feuillus en guise de toit. Mathias savait que la nuit elle dormait là-haut, roulée en boule à même le sol dans ce qui était devenu son seul abri.

Quand elle revenait à la maison, elle n'avait pas la moindre idée de l'heure ou du jour. Dans son atelier, ses toiles inachevées restaient à l'abandon ! « Fini, la peinture, pour moi, c'est fini… »

Courbée sous l'orage, Nora constata qu'en six ans la cabane s'était complètement défaite. Le tronc était toujours là, mais pourri, bouffé par la mousse et enfoncé dans l'humus. Les racines devenues grises et toutes fines comme des cheveux malades. Sa petite hutte s'était dissoute. Le végétal l'avait digérée, anéantie. La forêt soudain lui faisait horreur.

De très grosses gouttes mitraillaient les feuilles agitées par les bourrasques. Nora voulut d'abord se mettre à couvert dans l'épaisseur du sous-bois où la pluie tardait à pénétrer. Les feuilles lui donnaient des gifles humides. Les plaques de mousse gorgées comme des éponges. Les éclairs blancs découpaient entre les branches une dentelle noire. Trempée, elle retourna au bord du ravin dont l'arête n'était plus qu'une cascade boueuse. Des vomissures de café au lait, pleines de cailloux poisseux, giclaient jusqu'en bas. Alors, elle se laissa tomber à genoux entre deux mares jaunâtres et se pencha au-dessus du vide. À travers les voilages ondulants du déluge, on ne voyait plus le lac. Plus rien du paysage.

Comme tant d'autres fois, elle se mit à gueuler dans le vacarme. Elle ne tenait plus à rien. On lui prenait donc tout ? Nulle part chez elle. Nulle part où demeurer. Pas un sous-bois, pas une clairière, pas un repli de la terre, pas un lieu qui ne lui fût hostile. Dans une flaque, elle avait retrouvé un lambeau de tissu moisi et gorgé d'eau qu'elle serrait dans son poing. Elle sanglotait. Toute seule, toute seule, elle hurla qu'elle allait fuir, qu'elle ne voulait plus rester dans ce pays pourri. Ni à la maison, ni près de ce lac de mort, ni avec Mathias, ni avec personne. « Oui, me tirer ! » Tout ça n'avait que trop duré, mais c'était terminé. Au bord de la falaise, elle n'eut pas le courage de faire l'unique petit pas fatal... Il fallait qu'elle parte, qu'elle parte… À l'instant, elle le savait.

Un peu calmée à cette idée, toujours à genoux, elle songea à redescendre vers la maison, ouvrir grandes les portes de son atelier, casser les vitres, tout renverser, et libérer ses créatures. « Partez, vous aussi ! Sortez de vos cercueils, de vos berceaux ! Tirez-vous, mes petites, mes chéries, mes bébés… Dispersez-vous ! Grimpez dans la montagne, passez à travers le plafond de nuages et disparaissez ! » Dès qu'elles auraient disparu de sa vue, elle rassemblerait quelques affaires et s'en irait, loin, bien loin. Où ? Vers le Sud et la mer, peut-être ? Étrangère partout de toute façon.

Déjà, la tempête s'éloignait. Soudain, Nora eut l'impression d'avoir rapetissé. Les troncs noueux des ormes, des chênes et des hêtres ne lui avaient jamais semblé aussi hauts. Elle était redevenue une petite fille. Mais sans déplaisir. Presque enchantée de l'aubaine. Sa rage de tout à l'heure renversée en une jubilation amère d'enfant perdue. « Maman, papa, au secours… » Lentement, elle redescendit vers la maison, à petits pas d'enfant sur le sol glissant.

Tout en marchant, un conte ancien lui revint à la mémoire. C'était l'histoire d'Olga la Rêveuse, une jeune femme qui, au lieu d'aller ramasser du bois pour le feu, comme le lui commandait chaque jour son mari, errait dans la forêt, s'allongeait sur un lit de mousse verte, s'abandonnait à ses songes, cédait à ses chimères, avant de sombrer, sourire aux lèvres, dans un sommeil profond et plein de rêves. Un jour, comme elle tardait à rentrer au logis, son mari vint la surprendre dans une clairière. Évidemment, Olga dormait. Sans qu'elle s'en aperçoive, son mari, furieux, jeta sur elle un filet d'oiseleur auquel étaient suspendues des dizaines de clochettes. La laissant à ses songes, le mari se sauva bien vite. À son réveil, la jeune femme était complètement entravée par les mailles du filet, et le moindre de ses mouvements l'emprisonnait davantage et faisait tinter les clochettes.

Olga parvint tout de même à se redresser, à marcher avec difficulté, à petits pas menus, sur le sentier et à sortir du bois. Que se passait-il ? Se trouvait-elle encore dans un de ses rêves ? Les grelots l'assourdissaient. Elle souriait sans comprendre. Emmaillotée dans le filet, elle arriva enfin devant leur maison. Elle frappa contre le bois de la porte avec son front.

« Qui êtes-vous ? demanda le mari venu ouvrir.

— C'est moi, ton Olga. Tu me reconnais, n'est-ce pas ? Je ne sais pas ce qui m'est arrivé. Un filet… Des grelots…

— Vous n'êtes pas Olga, méchante femme ! Passez votre chemin, sinon… »

Et le mari leva un poing menaçant. Olga n'insista pas et se sauva, obligée de sautiller pour avancer tellement le filet la serrait, toujours accompagnée par ce tintinnabulement guilleret qui prévient les oiseleurs lorsque des grives se sont laissé prendre. Frappant à une autre porte, elle dit :

« Je suis Olga, vous me connaissez ? Avec mon mari, nous habitons la dernière maison avant la forêt…

— Vous n'êtes qu'une étrangère ! Et qu'est-ce que c'est que cet accoutrement ? Et tout ce vacarme dans notre paisible village ? Passez votre chemin, sinon… »

Olga fut bien obligée de retourner dans les bois, rêvant que les crocs acérés d'un loup ou d'un renard parviennent à la délivrer de son carcan de ficelle…

Couverte de boue, Nora poussa la porte de ce qui avait été son atelier. Mathias n'était pas rentré. Sa voiture n'était pas devant la maison. Elle se figea pour écouter les bruits et pour observer la foule moqueuse qui l'entourait. Avec leurs bris de miroir à la place des yeux, des dizaines de créatures tendaient vers elle leurs membres fourchus. « Monstres ingrats ! Traîtres ! Tous les mêmes ! Pressés d'abandonner la femme qui vous a mis au monde !… Mais c'est moi qui vous quitte aujourd'hui. Faites ce que vous voulez, je m'en fous. »

Un visiteur de passage n'aurait pu distinguer Nora des monstres qui l'entouraient.

10

Nora arracha ses vêtements trempés et se glissa, toute nue, dans le sac de couchage.

Une euphorie fiévreuse la faisait trembler. En même temps, pas la peine de se précipiter. Pas besoin de partir tout de suite. Autrefois, quand l'idée d'un tableau poussait dans sa chair, son visage s'échauffait, elle avait des picotements dans les doigts, mais il ne lui était pas nécessaire de commencer à peindre sur-le-champ. Au contraire, il fallait permettre à l'image de s'épanouir dans un bain de patience, de remuer long-temps dans un coin de sa tête. Nora attendait, avant de se mettre à l'ouvrage. Même chose avec cette pensée de départ.

Elle aurait voulu s'endormir un moment. Non pas sombrer dans la torpeur, mais retrouver ce sommeil puissant qui s'emparait d'elle autrefois lorsqu'une décision difficile venait d'être prise. Il était très tard lorsqu'elle entendit le bruit du moteur. C'était Mathias qui rentrait. Des pas devant la maison. Nuit noire. Trois heures du matin, peut-être… Elle se pelotonna davantage sous le tissu synthétique qui sentait un peu le moisi et laissait s'envoler la neige du duvet. Pourvu qu'il ne vienne pas la rejoindre ! Qu'il ne la cherche pas ! Qu'il la laisse tranquille.

Portes qui claquent. Clarté des fenêtres qui s'allument. Mathias, après son explication avec Firmine, avait tenu à faire, malgré tout, sa visite dans le service. En cardiologie, un collègue l'avait plus ou moins rassuré. « Pas tout neuf quand même, ton palpitant… Tu as beaucoup tiré sur la corde… » Disposant d'un nombre considérable de jours de récupération, il avait décidé de s'absenter au moins une semaine. Il en profiterait pour aller à Genève, à Paris, mettre tout au point.

Mathias se demanda dans quelle partie de la maison Nora était en train de dormir. Si elle dormait. Il choisit pourtant de descendre dans le petit appartement qui, côté cour, occupait le rez-de-chaussée de leur maison. Trois pièces, dont la plus grande aménagée en cabinet de gynécologie. Des vitrines pleines d'instruments chromés, la table aux étriers. Tout cela n'ayant jamais servi. Un local mystérieusement silencieux. Bien des années en arrière, il avait envisagé d'exercer en libéral, et d'ouvrir un cabinet de spécialiste. Mais, absorbé par l'hôpital, il en avait laissé tomber l'idée, et aucune patiente n'avait jamais pénétré en ces lieux. Le désordre donnait à l'endroit des allures de laboratoire de savant fou.

La première pièce était une chambre étroite et

dépouillée. Lit une place. Bureau. Fauteuil. Dans la deuxième Mathias avait entassé tous ses livres. De pleines étagères de littérature, de philosophie, de traités médicaux. À quoi s'étaient ajoutés tous les livres que Nora avait voulu évacuer de la maison, six ans plus tôt, lorsqu'elle avait procédé au grand vidage. C'était dans cet appartement séparé que, au cours de ses insomnies, Mathias venait de temps à autre s'allonger et lire.

Il fit le tour de son domaine, alluma toutes les lampes et jusqu'au scialytique placé au-dessus de la table d'examen. Il rassembla et examina le matériel qu'il emporterait s'il partait en mission. En plus de ce que l'organisation envoyait sur place avant qu'il n'arrive, le docteur Clamant tenait à avoir ses propres affaires, ses pinces à lui, ses spéculums à lui, sa vieille trousse, au cas où il se retrouverait tout seul, face à un coup dur. Longtemps il s'affaira à des préparatifs comme pour renforcer la résolution de partir. Son épuisement s'était transformé en agitation nerveuse. Il s'assit un moment derrière son bureau, balaya toute la paperasse, posa sa tête entre ses bras. Mais, très vite, il se redressa. Un besoin brutal de retrouver Nora, de s'assurer de sa présence. Il la découvrit dans l'atelier, s'assit près d'elle. Elle ne faisait pas semblant de dormir, mais plutôt la morte. Mathias glissa sa main dans le sac de couchage pour effleurer sa chair nue, toucher sa peau. D'abord elle se raidit, puis elle se détendit un peu, allongea les jambes, prit la main de Mathias dans ses deux mains, et, sans rien dire, y posa ses lèvres. Longtemps qu'elle n'avait pas eu un tel geste. Moins une marque d'affection qu'une sorte d'adieu désolé ou d'excuse maladroite.

« Écoute, Nora, nous avons fait ce que nous avons pu. Un long chemin déjà ensemble. Mais je crois que nous sommes arrivés au bout. Je voudrais te parler, que nous parlions, mais… »

Elle murmura dans un souffle : « Pas maintenant, pas maintenant.

— D'accord. D'ailleurs, je ne tiens pas à ce que tes affreux copains profitent de notre conversation ! Mais pas dans la maison non plus ! Demain, si tu veux, nous pourrions aller sur le lac ? Je tâcherai de remettre le bateau en marche. Au milieu du lac, on pourra tout se dire. Ce sera chose faite.

— Le lac ? s'étonna-t-elle en tordant le nez, comme pour rappeler à Mathias qu'elle n'avait jamais aimé cette fausse mer miniature. Oh ! et puis pourquoi pas, après tout ? Alors demain… Oui, attendons demain… Je suis si lasse. »

Mathias remonta un pan du sac de couchage sous son menton, l'emmaillota dans le duvet comme un bébé.

« Tu veux que j'aille te chercher des vêtements secs ?

— Non, je vais venir, j'arrive, laisse-moi encore un moment, je suis crevée. Comme toi, je le vois bien… »

Le lendemain matin, ils descendirent en voiture jusqu'au minuscule port de plaisance, en bas du village, où était amarré le bateau blanc que Mathias avait acheté au début de leur installation dans la région. Des mois et des mois qu'il n'avait pas utilisé cette embarcation. Nikos, quand il était petit, raffolait de promenades sur les eaux calmes. Ils partaient parfois tous les trois, abordaient le rivage de l'île, ou naviguaient à bonne allure jusqu'à l'extrémité sud et mettaient tout l'après-midi pour revenir. Lorsque Nora ne voulait pas les accompagner, parce qu'elle était trop prise par un tableau, Nikos et Mathias voguaient tous les deux de façon complètement fantaisiste. Pendant des heures, ils ne disaient rien, Nikos s'affairant avec sa canne à pêche. Mais au retour, à vitesse réduite, ils se lançaient dans l'une de leurs conversations favorites sur le Temps, la nature du Temps, ou sur la différence entre un être vivant et une chose. Nikos assaillait Mathias de questions. Il cherchait des arguments, essayait de le contredire. De retour au port, les gestes de l'accostage puis l'amarrage du bateau ne mettaient pas toujours un point final à leur échange.

Nora fit une enjambée agile au-dessus de l'eau qui clapotait entre le quai et la coque d'un blanc terni, et entreprit de défaire la bâche qui recouvrait le bateau. Des feuilles sèches, des brindilles s'y étaient accumulées. De l'eau y avait stagné. En dessous, la peinture de l'habitacle s'était écaillée par endroits. L'esquif n'était pas neuf. Mathias souleva le rideau de fer d'un box et revint en portant à bout de bras un lourd moteur Mercury. Nora, à genoux, l'aida à le descendre et à le fixer à la poupe. Il fallut encore se procurer un bidon d'essence, remplir le réservoir. Il y avait longtemps qu'ils ne s'étaient pas activés ensemble. Nora décadenassa la chaîne qui attachait le bateau au quai.

Mathias crut qu'il ne parviendrait jamais à mettre le moteur en marche. Il tirait de façon de plus en plus violente sur le démarreur. Des pétarades pitoyables se succédaient : sans résultat. Il était sur le point de renoncer. Son projet de se trouver un moment en compagnie de sa femme dans un grand vide neutre et silencieux ne pourrait donc pas se réaliser. Muette, Nora attendait. C'était l'idée de Mathias, mais elle désirait elle aussi que ce satané moteur démarre un bon coup. Mathias s'interrompit pour la regarder avec consternation. C'était raté !

Il tira une dernière fois sur le câble de démarrage et le moteur, sans rechigner, se mit à tourner bien rond. La vitesse enclenchée, ils sortirent lentement du petit port.

L'espace à bord était restreint. Une embarcation d'un peu moins de cinq mètres. Nora s'était assise sur le banc latéral. Mathias tenait la barre. Quand Mathias jugea qu'ils avaient atteint le milieu des eaux, il coupa le moteur et laissa l'esquif dériver imperceptiblement. Les rives paraissaient incroyablement lointaines, estompées dans les bleus, prêtes à s'effacer complètement. Ils étaient seuls. Réunis peut-être pour la dernière fois. Nora se pencha pour tâter l'eau de la main. Elle était vêtue d'une robe noire, sans décolleté, comme une Grecque des îles.

Mathias luttait contre lui-même. Pas question d'aller s'asseoir près d'elle, de la prendre dans ses bras, et d'attendre que Nora s'abandonne, se blottisse contre lui. À quoi bon ? Pas question de patauger dans ces tentatives toujours vaines de retrouver un semblant d'affection. Quelque chose devait changer. Il avait senti, la veille, sa propre mort l'effleurer. Pour l'instant, la mort planait toujours, là-haut, dans la montagne, en compagnie des choucas. Elle l'attendait sans doute ailleurs. Loin d'ici. Car elle volait vite, la mort. Partout, elle le précédait. Elle faisait du surplace en battant des ailes, pour fondre à la fin sur sa proie. C'était avec elle, désormais, qu'il avait une liaison. Plus orageuse encore qu'avec Nora…

Il désirait seulement que, au moment de la rupture avec sa femme, certaines choses soient dites. Il évoqua d'abord quelques souvenirs anodins, se forçant à sourire.

« Tu te souviens de l'île, là-bas, avec Nikos ? La nuit où nous étions tombés en panne ? Il voulait que nous dormions au fond du bateau, roulés dans des couvertures, en attendant l'aube. Tu… »

Nora le dévisageait en fronçant les sourcils, comme si un type inconnu lui racontait une histoire incompréhensible dans une langue étrangère. Elle se détourna en haussant les épaules.

« Je ne sais pas ce que nous allons devenir, Nora, mais il y a quelque chose que je voudrais que tu saches. Ou que tu sais déjà, ou dont tu te doutes, mais que je… »

Nora se leva de son banc avec lenteur. Elle se tint un moment debout, les pieds bien campés sur les planches humides afin de compenser le tangage de l'embarcation livrée à l'infime houle lacustre. Mathias la vit alors passer à la poupe, ouvrir sa robe qui tomba d'un coup autour de ses chevilles, faire un pas pour s'en dégager. Elle portait un maillot de bain une-pièce, noir lui aussi. Elle fit un second pas, plongea tête la première dans le lac et se mit à nager un crawl puissant, rapide, son visage jaillissant de l'écume à gauche et à droite. Elle s'éloignait de plus en plus. Mathias attendit quelques instants encore, espérant qu'elle décrirait un ample arc de cercle et reviendrait au bateau. Mais Nora filait ! Elle ne déplaçait que peu d'eau en nageant. Difficile de discerner sa tête, à contre-jour entre les vaguelettes miroitantes. Elle nageait. Elle disparaissait.

Mathias voulut alors remettre en route le moteur. Il perdait du temps, s'interrompant pour s'assurer que Nora était toujours en vue. Quand, enfin, le bateau démarra, il n'était plus très sûr de la direction que la nageuse avait prise. Elle semblait avoir mis le cap sur le port. De toute façon, même pour une bonne nageuse, la rive était trop loin.

Il accéléra, fila à la surface de l'eau. Non ! Trop loin ! Impossible qu'elle soit allée aussi vite. Il l'avait donc dépassée. Il vira brutalement, revint en arrière. Nora nulle part ! Pas un seul point noir sur les eaux bleues. Pas de battements des bras blancs. Mais à quel endroit avait-il coupé le moteur, tout à l'heure ? Il ne parvenait plus à prendre de repères. Mathias cria, hurla puis se mit à klaxonner pour guider la nageuse. Non ! Elle devait s'obstiner à viser la rive. « Mais où est-elle ? »

Mathias repartit donc. Il se penchait parfois par-dessus bord pour distinguer une forme qui aurait flotté entre deux eaux. Profondeurs sombres. Il criait de nouveau : « Nora ! »

« Comme je connais Nora, elle aura voulu nager follement, jusqu'au bout ! » Il piqua droit vers le port, accéléra au maximum, la proue hors de l'eau, labourant la surface du lac. Nora noyée ? Soudain, alors qu'il s'apprêtait à appeler les secours avec son téléphone portable, longeant les derniers mètres de la rive, il aperçut à l'extrémité d'un ponton de bois qui avançait très loin sur le lac la silhouette d'une femme assise, immobile, les jambes dans le vide. Il crut la voir lever le bras, lui faire signe. C'était Nora ! Il encaissa froidement ce coup inattendu, serra les dents, diminua la vitesse de son bateau, vira plus lentement pour se diriger vers cet embarcadère abandonné dont les piliers de bois s'enfonçaient dans les roseaux. Nora ne bronchait pas, laissant le bateau glisser doucement vers elle. Le buste très incliné en arrière, les bras en appui derrière elle, elle agitait les jambes, comme une petite fille qui s'ennuie. Mathias, impassible à la barre, n'était plus qu'à dix mètres. Il voyait sa femme, essoufflée, les lèvres bleues, les cheveux dégoulinants tellement plaqués que sa tête paraissait toute petite. Il coupa le moteur, laissa la coque heurter le bois. Ils se regardaient. Se défiaient ? Mathias ne fit pas la moindre remarque, se contentant de demander :

« On rentre ? »

Au port, ils reprirent la voiture. Mathias accéléra brutalement. Il avait eu l'intention sincère de faire, avec Nora, le constat de l'impasse dans laquelle ils se trouvaient. La chronique de leur naufrage. Avaient-ils lentement sombré à la suite du drame ? Ou pour des raisons plus obscures ? Les causes enchevêtrées de leur rupture existaient-elles déjà le jour où ils s'étaient connus ? Deux folies incompatibles ?

Par la pensée, Mathias revenait sans cesse à ce qui s'était passé, de façon gênée et coupable, comme à un mauvais secret. Nora était-elle au courant de la cause de sa honte ? Il n'en saurait jamais rien. Elle n'en avait seulement jamais parlé. Mais il était trop tard. Ils avaient navigué un moment sur le lac : rien n'avait été dit. Ils revenaient déjà. Sans tourner la tête, il articula très posément :

« Demain, je vais en Suisse, à Genève. J'irai ensuite à Paris. Si c'est réalisable, je vais partir longtemps. Je veux dire le plus longtemps possible. Je ne sais pas si nous devons garder la maison. Tu peux y réfléchir. »

Entre ses dents, elle répondit :

« Pas sûr non plus que je reste dans les parages,

102

tu sais. Pour la maison, fais ce que tu veux. La maison… Tu te souviens, lorsque nous sommes arrivés, on nous a dit que la roche était friable, que des morceaux de falaise pouvaient se détacher et l'écraser. On avait ri…

— Tu vois, on aura au moins échappé à ça ! »

11

Il est temps de revenir à cette nuit cruelle, qui devint pour Nora une nuit éternelle. Nuit au cours de laquelle, sans y être préparée, elle s'était trouvée nez à nez avec la mort. Pas la sienne mais celle de l'être qui, au monde, valait plus que sa vie : son fils, son Nikos, l'enfant du voyage, l'enfant du hasard, éternel compagnon et don du ciel.

À l'aube du 21 juin 2006, comme le jour se levait, un pêcheur qui s'approchait du bord du lac par un chemin creux bordé de roseaux avait découvert un jeune homme couvert de sang qui gisait dans les broussailles, à quelques mètres de la route. Il avait cru avoir affaire à un cadavre. Dans la pénombre, l'homme s'était approché. Il avait laissé tomber son matériel, s'était penché, et, osant palper ce corps, avait cru déceler une très légère palpitation, un battement infime de la gorge. Il était alors parvenu à extraire de sa poche son téléphone portable et à composer un numéro d'urgence en tremblant comme une feuille. Personne ne passait, ni sur la route ni sur le chemin. Grâce à ses explications affolées mais précises, les secours étaient arrivés très vite. L'hélicoptère du SAMU de Nancey avait décrit des cercles de plus en plus étroits au-dessus de sa tête. Les roseaux s'entrechoquaient et se courbaient sous le vent violent des pales. Les urgentistes, jaillis de la carlingue avec tout leur matériel sur le dos, s'étaient affairés méticuleusement, à genoux près du blessé.

L'agression, d'une extrême violence, avait dû avoir lieu sur la route, vers la fin de la nuit. Une ou deux heures plus tôt à peine. On avait ensuite traîné le corps sans précautions dans le fossé au milieu des ordures et des orties, jusqu'à l'abandonner sur ce chemin qui descendait vers la berge. Précipitation soudaine : le cœur battait encore. Sanglé dans une coque étroite et fluorescente, Nikos avait été conduit en quelques minutes à l'hôpital de Nancey. Son premier voyage dans les airs.

Toute la matinée, l'équipe du service de réanimation s'était acharnée. Les traumatismes crâniens étaient considérables. Certaines vertèbres avaient été brisées. Hémorragie interne. Rate éclatée. Des lésions irréversibles. À l'approche de midi, le jeune organisme ne résistait plus. Un pouls imperceptible. Les médecins ne pouvaient plus rien. Ils le perdaient. Au début de l'après-midi, ils l'avaient déclaré mort.

Nikos, le fils de Nora Krisakis, vers la fin de la première nuit de l'été, dans une région tranquille d'un pays en paix, avait été massacré par de mystérieux agresseurs. Ils ne l'avaient pas dépouillé de ses papiers d'identité. C'est en déchiffrant ce nom grec qu'il connaissait bien qu'un chirurgien, ami de longue date de Mathias, eut un coup au cœur. En tenue de bloc, il avait grimpé l'escalier jusqu'à la maternité où on lui avait dit que Mathias prenait des nouvelles d'un nouveau-né.

Aussitôt prévenu, Mathias avait pénétré dans le petit local où le corps du jeune homme était allongé sous un drap. La police venait d'arriver. Un inspecteur entouré de médecins et d'infirmiers parlait au téléphone avec les gendarmes qui, eux, s'étaient rendus sur les lieux du crime. On allait pratiquer une autopsie. Les écartant tous, Mathias s'était approché. Il savait. C'était bien Nikos. On avait rasé ses cheveux pour voir l'état de son crâne, il avait les mains déformées et violettes et la bouche cassée, mais c'était bien lui. Sa minceur, la finesse de ses membres, sa peau. Il le connaissait et s'occupait de lui depuis quinze ans. Il l'avait vu grandir, devenir un adolescent puis un jeune homme. Comme un père, un père d'emprunt mais un père, quel que soit l'état du corps, il le reconnaissait. Ni Nora ni lui ne l'avaient vu depuis des semaines, et voilà qu'il le retrouvait, mort.

Il lui avait fallu s'asseoir à même le carrelage, dans un angle de la petite pièce, les genoux remontés contre la poitrine, la tête dans les mains. Il avait été confronté à bien des drames, des horreurs, mais jamais le pire ne l'avait atteint lui-même de plein fouet. Il avait adressé souvent des paroles de réconfort à des inconnus, mais ce jour-là c'était lui qui était frappé. S'il avait dû encaisser tout seul l'affreux événement, lui qui se voulait un « dur », un stoïcien, il aurait serré les dents, et serait parvenu, c'était sans doute ça l'illusion, à tenir le coup, à traverser plus ou moins maladroitement la douleur des jours. Mais il y avait Nora ! Nora ne cessait presque jamais de penser à son enfant. Mathias, c'était à Nora qu'il pensait.

Il allait devoir la retrouver, la regarder une dernière fois, et, en trois mots, la tuer. La voir mourir de chagrin dans les pires souffrances. Le corps du gosse était là, calme et raide, posé sur la table. Et pourtant, rien n'était fini. Le supplice ne faisait que commencer. Nora ! « Comment lui dire ? Comment s'y prendre ? Non, jamais ! Elle ne peut pas supporter. »

Mathias crut entendre la clameur confuse de tous ceux à qui, au cours de sa carrière, il avait appris une sale nouvelle. Souvent, il avait fait ce genre d'annonce à des personnes dont il ne parlait pas la langue et dont la lamentation ressemblait à un chant. Il s'apprêtait aujourd'hui à faire le plus grand mal au seul être qu'il ait jamais aimé, à celle qu'il s'était juré de protéger et d'accompagner jusqu'au fond de l'enfer. Soudain l'enfer était là, porte ouverte. Poussée par lui, Nora en dévalerait les marches. Cela, il ne le pouvait pas. Il était prêt à crever lui-même à petit feu, à réclamer pour lui seul une séance interminable de torture.

Toujours assis par terre, il avait essayé de se persuader que rien n'était vrai, qu'on se trompait, qu'il ne s'agissait pas de Nikos, ou qu'ils allaient se mettre d'accord, ses collègues, la police et lui, pour faire disparaître le cadavre, faire comme si le jeune homme qui vivait depuis des mois de façon marginale avait vraiment disparu, comme s'il était parti très loin, avait quitté la France et voyageait à l'autre bout du monde. Tout plutôt qu'annoncer cette mort. Non seulement cette mort, mais cet assassinat.

Max, le chirurgien, avait posé les mains sur les épaules de son ami. Debout derrière lui, le policier à qui on avait dit qu'il s'agissait du «beau-père» de la victime, était pressé de poser les premières questions.

Cela s'était passé sur la route. Très peu de circulation avant l'aube. On avait retrouvé le scooter de Nikos, sur le bas-côté, les clefs sur le contact, à cent mètres du chemin creux. Un peu plus loin, sa guitare, intacte dans son étui. Crime de rôdeurs ou guet-apens?

Mathias, levant la tête, avait invité l'inspecteur à approcher. Les gendarmes savaient déjà beaucoup de choses. Ce flic courtois lui demandait s'il était au courant.

«Au courant de quoi?

— Votre fils, je veux dire le fils de votre… enfin ce garçon, faisait partie d'une bande de jeunes gens marginaux, d'étrangers, des types déjà connus des services de police. Quelques anciens taulards, des artistes. Ils vivent dans une grande maison délabrée, en bas d'un pré, à l'autre bout du lac. Des squatters, si vous voulez… Il y a des filles, évidemment, des enfants, des chiens. »

Mathias avait expliqué que depuis un certain temps leur garçon était plus ou moins en fugue, ou plutôt en crise, qu'il voulait se débrouiller seul et que, d'après ce qu'il savait, il jouait de la musique, guitare, batterie, un vague groupe de musiciens, des contrats ici ou là pour des soirées privées ou dans des boîtes de nuit. C'était à peu près tout… « Normal que ce garçon tente sa chance, non ? Ce n'est tout de même pas un crime de se vouloir libre ? » Ce qui avait fait sourire le policier.

Les gendarmes avaient, paraît-il, tous ces jeunes gens à l'œil mais, en l'absence de plainte, ils ne les avaient jamais délogés de leur squat, tout en multipliant perquisitions et contrôles. « Oh ! pour bien peu de chose ! Du temps perdu… » Délits divers, petits trafics, drogue, bricoles volées, consommation d'alcool. La routine. À plusieurs reprises la police avait arrêté dans la région de Nancey des braqueurs maladroits ou de minables trafiquants, de petits dealers, et découvert qu'ils avaient séjourné dans la fameuse maison squattée. Un refuge provisoire, en tout cas pas une bonne planque !

« Et puis de la musique, ça, ils peuvent en faire ! Tout le bruit qu'ils veulent. Il y a des fêtes là-bas, vous devez le savoir. De grands feux allumés au bord de l'eau. Bon, rien de bien méchant. Dans quel pétrin votre gosse est-il allé se fourrer ? À vingt ans ! Démoli comme ça ! »

Mathias avait écouté les paroles de l'inspecteur, comme s'il lui parlait de Nikos vivant. Et puis soudain il avait réalisé que la longue main blême abandonnée sur le drap était celle de Nikos mort. Il s'était redressé. Et Nora ! À cette heure, elle ne savait toujours rien ! Il s'était précipité vers le lavabo, aspergé le visage en se giflant à toute volée. Une profonde inspiration. Il lui fallait y aller. Max insistait pour l'accompagner, mais il s'était dégagé vigoureusement.

« Surtout, que personne ne prévienne Nora avant moi. »

Au lieu de foncer, il avait roulé à petite vitesse, retardant son arrivée. La route qu'il empruntait chaque jour, chaque nuit, il ne la voyait plus. Le soir tombait avec lenteur. Pendant quelques instants encore l'horrible nouvelle était enfermée dans un cocon d'irréalité. Alors il laissait le temps passer. Mains moites sur le volant. La radio en sourdine. Parenthèse. Presque comme d'habitude... Flash d'informations. On parlait du tremblement de terre en Indonésie. Malgré lui, Mathias avait prêté l'oreille. Cinq mille morts. Sur place, le reporter disait que les secours s'organisaient. Après tout, il aurait pu y être. À des milliers de kilomètres, donc pas là ! Pas là ! Des milliers de morts, mais pas celui-là. Aux informations, on racontait aussi que Saddam Hussein entamait une grève de la faim dans sa prison. Des pensées décalées, détachées. «Quoi qu'il fasse, Saddam sera pendu... c'est drôle, je n'ai jamais fait de mission en Irak.» Puis il avait coupé la radio. Fermé la parenthèse...

Un peu avant d'atteindre leur maison, il avait eu un haut-le-cœur en pensant au corps massacré de l'enfant. Un gosse plutôt facile, longtemps charmant. D'emblée, ils s'étaient mutuellement adoptés. Il se souvenait... Quand il était petit, Nikos s'intéressait à tout. Attentif et appliqué, il avait eu plusieurs passions successives. Avant six ans, c'était le dessin, aux pieds de sa mère en train de peindre, les pastels, l'aquarelle. Entre six et huit, il s'était mis à griffonner des visages de monstres, des gueules sanglantes, torturées, que Nora, plutôt fière, affichait partout dans l'atelier. Puis la nature l'avait attiré. Il ne passait plus son temps dans la grange-atelier mais dans la forêt, dès qu'il revenait de l'école du village. «Pas trop loin! lui criait Nora, dis-moi où tu vas.» S'essuyant les mains sur sa salopette, elle ne tardait pas à se mettre à sa recherche, le sermonnant pour son imprudence et le ramenant par la main, sur le sentier.

Un jour, il avait découvert que les falaises au-dessus du lac regorgeaient de fossiles. Il avait réclamé des bouquins pour les reconnaître, et partait frapper la roche avec un marteau pour découvrir la trace en creux de coquillages, de fougères, d'ammonites, de squelettes diluviens... Bientôt passionné de préhistoire, il s'était mis à fabriquer avec du silex et du bois des outils imitant ceux des premiers hommes. Il avait même reconstitué, au fond du jardin, une sorte de petit tumulus dont il avait vu l'image dans un livre. Il y avait installé des squelettes de petites bêtes et des bris de poteries. Bref, un enfant à la fois introverti et ouvert. Sympathique. Mathias, déjà admiratif, avait été particulièrement ému lorsque Nikos lui avait demandé de lui expliquer les mystères de l'organisme. Un enfant qui aimait raisonner. Mathias, pour le faire enrager, l'appelait « le petit Aristote », mais il l'avait aussi initié doucement à la varappe. L'estime semblait mutuelle. Nora avait même fait des efforts pour accepter à la fois l'autonomie studieuse de son fils et sa complicité avec son beau-père. « Quand vous en aurez fini avec vos petites conspirations entre hommes ! »

N'empêche ! Depuis trois ou quatre ans Nikos n'était plus le même. Dès qu'il était entré au lycée, il s'était mis à traîner, après les cours, dans les rues de Nancey ou à partir se balader dans les environs au lieu de rentrer à la maison avec le car de ramassage scolaire. Nora était folle. Elle appelait Mathias à l'hôpital. « Fais quelque chose, ramène-le ! » Quand Nikos avait prétendu qu'un scooter lui permettrait de rentrer plus facilement à la maison, sa mère lui en avait acheté un aussitôt. Bien sûr, elle était encore plus inquiète, exigeant que le garçon la tienne en permanence au courant, par téléphone, de ses horaires de retour et de l'endroit où il se trouvait. « Tu sais bien que si je me fais du souci, je ne peux plus peindre ! »

Puis Nikos avait réussi brillamment son baccalauréat. Il était fou de musique et avait alors rêvé d'une guitare, et Nora la lui avait offerte sans tarder. « Il faut bien que j'accepte son tempérament artiste… Pourquoi pas la musique. Sa prof dit qu'il a une oreille étonnante… » Mais Nikos, prétextant qu'il venait de s'intégrer à un groupe de musiciens jouant du rock'n'roll, était allé répéter dans les endroits les plus divers. Certaines nuits, il ne rentrait même plus. Il proclamait qu'en dehors de la musique rien ne l'intéressait vraiment, qu'il ne voyait pas dans quelle discipline il entreprendrait des études. Mathias avait dû tancer plusieurs fois Nikos qui reprochait rageusement à sa mère de l'empêcher de vivre, de le contrôler, « Mais lâche-moi, à la fin, lâche-moi ! ». Nora pleurait. L'adolescent en voulait à Mathias. Et voilà qu'il avait fini par ne plus rentrer du tout. Un coup de fil de temps à autre, et c'était tout.

Tantôt folle de rage, tantôt abattue, elle se réfugiait dans la peinture. Le format des toiles augmentait, ses gestes devenaient encore plus brutaux. Traits noirs et giclées brunes. Dans le sable humide de ses rivages, elle faisait surgir des visages de monstres puérils évoquant ceux que Nikos dessinait quand il était petit. Mathias la conjurait d'accepter avec patience les humeurs et passades d'un jeune garçon sensible mais, discrètement, il s'efforçait de savoir où Nikos traînait et avec qui. « Mais pour l'argent, demandait Nora, comment fait-il ? Est-ce qu'il mange correctement au moins ? J'espère qu'il ne fait pas de bêtises. »

Mathias n'en était pas si sûr. Il avait appris que Nikos fréquentait une bande de types guère recommandables. En ce qui concernait le squat du bord du lac, il n'avait pas tardé à être au courant. Rien dit à Nora, mais il était furieux contre Nikos. Il le rendait responsable de la tension qui montait entre sa femme et lui. Privée de son enfant, Nora ne se rapprochait pas de son compagnon, au contraire. Une fois, il avait rencontré Nikos dans les rues de Nancey, jouant de la musique avec d'autres à un coin de rue. Il l'avait tiré et entraîné sans doute trop fort par le bras, sous prétexte de lui parler à l'écart. Sous le regard de ses copains, le garçon s'était buté, parlant de *sa* vie, de *sa* liberté. « Laisse-moi tranquille ! De toute façon, je vais me tirer, loin, très loin d'ici, tu sais… »

Nora reprochait sourdement à Mathias d'être responsable du changement de son fils, tandis qu'il lui répétait, exaspéré : « C'est la jeunesse, ça lui passera, il te reviendra… »

Il avait finalement arrêté la voiture devant la maison. Nuit claire, étoiles, petits éclats clignotants des avions à dix mille mètres d'altitude, lumières sur le lac. Un vrai décor pour temps de paix. Il était arrivé côté jardin. Non seulement l'atelier de Nora était illuminé, mais on pouvait entendre la voix de Maria Callas qui montait dans la nuit vers les astres et les astronefs. À l'époque, Nora aimait écouter des opéras, toujours les mêmes, pendant qu'elle travaillait, reprenant toute seule les grands airs. « *Mon cœur s'ouvre à ta voix… Pour mieux sécher mes pleurs…* »

Mathias s'était tenu un moment dans l'embrasure de la porte. Il faisait encore très chaud dans l'atelier. L'air du dehors avait du mal à triompher de l'odeur de térébenthine. Puis il avait fait trois pas, le visage décomposé. Masque épouvantable. Entendant du bruit, Nora, le pinceau à la main, avait tranquillement penché la tête à droite de sa toile. « Ah ! c'est toi ? » Mais son sourire s'était figé, elle avait frémi car instantanément elle avait su. Une catastrophe ! Et pour elle il n'y avait qu'une seule catastrophe possible. Son mari muet, dur comme du marbre, debout, là, devant elle, avec cette tête-là, elle avait compris ce que ça voulait dire, mais s'était remise à sa toile. Encore une minute, monsieur le bourreau… Dernières secondes passées à peindre avant l'apocalypse. Elle s'activait avec calme, comme si la nouvelle ne lui était pas encore parvenue. Tremblante, agitant vainement ses brosses dans le bocal de white-spirit ou repoussant du pied de vieux tubes écrasés, elle aurait voulu que Mathias se taise à jamais. En même temps qu'elle attendait les mots.

« Il est arrivé quelque chose à Nikos. C'est grave. T'expliquer… Nora, écoute-moi… écoute-moi. »

Il avait voulu la prendre par les épaules, la pousser doucement vers le divan, la faire asseoir, mais elle ne le laissait pas la toucher. Elle avait compris. Elle savait tout. Elle était plantée devant lui, immense en dépit de sa petite taille. Le regard terrible, elle le fixait. Furieuse, elle tentait de le clouer sur place avec ses seuls yeux menaçants. Au bout d'un long moment, prenant une profonde inspiration, elle avait crié : « Je veux le voir, tout de suite, je veux le voir ! Où est-il ? Emmène-moi... » Cela ressemblait à un vomissement qui ne vient pas. Puis elle avait filé vers la porte : « Je veux le voir ! » C'était sans appel. Mathias ne pourrait pas l'empêcher de voir le corps martyrisé de son enfant.

En route, pas une parole. Nora respirait bruyamment. Silencieuse. Trois pauvres syllabes restaient bloquées au fond de sa gorge : « Il n'est pas... ? » « Ne me dis pas qu'il est... ». Quand l'hôpital était apparu, criblé de lueurs vertes, dans la nuit de Nancey, Nora avait cru que son cœur explosait. Mathias s'était efforcé de la soutenir mais il vacillait lui aussi. Il sentait qu'il était en train de la perdre, qu'il la touchait vainement et pour la dernière fois. « Ne me touche pas ! Lâche-moi ! »

Durant les premières minutes de son supplice, Nora Krisakis s'était tenue droite, les yeux secs, devant le drap recouvrant la forme. D'un seul coup, arrachant le tissu blanc, elle s'était jetée sur le corps, embrassant le visage fracassé, caressant le crâne, prenant les mains inertes et déjà froides dans les siennes. Couchée de tout son long comme pour réchauffer le pauvre petit. Elle l'avait serré, doucement bercé. Mathias avait fait signe qu'on la laisse seule avec son malheur.

Quand elle était parvenue à se reprendre, à s'arracher à l'enfant mort, ses traits n'étaient plus les mêmes. Elle ne voulait rien savoir. Aucun détail. Aucune circonstance. L'acide rongerait tout. Elle n'y voyait plus clair. Elle avait bien voulu que Mathias la ramène à la maison mais, à peine arrivée, elle avait jailli comme une furie de la voiture et couru vers les bois obscurs en poussant un cri interminable.

Mathias n'était pas encore allé jusqu'au bout, jusqu'au fond. Il lui fallait, tout seul, descendre encore plus loin dans l'abject. Il était debout dans le jardin, l'atelier resté éclairé, son ombre immense projetée devant lui. Par intermittence, il entendait encore le cri de Nora, étouffé par la forêt, comme on entend dans la jungle crier les oiseaux et les singes. Il avait alors repensé à Nikos, battu à mort, frappé sur tout le corps. Que lui voulait-on ? Qu'avait-il fait ? « Pauvre gosse ! Pauvre petit… »

Ce qui accablait Mathias, c'était le souvenir de ce message nocturne, trouvé avec retard sur le répondeur de son téléphone mobile. Un appel au secours. Oui, Nikos, encore vivant, l'avait appelé, lui, Mathias : « Mat, viens me chercher… viens tout de suite… J'ai besoin de toi… J'ai de graves ennuis… J'ai peur. Vite, rappelle-moi… » Consultant ses messages en sortant du bloc opératoire, Mathias avait été surpris et vaguement agacé que Nikos le dérange à cette heure alors que depuis des semaines il ne donnait aucune nouvelle à sa mère. Alors ne pas répondre. Pas tout de suite. « Je vais le laisser un peu mijoter, ça ne doit pas être bien grave. S'il veut être autonome, il n'a qu'à apprendre à se débrouiller. »

Et, pris par son service, il n'avait pas rappelé.

Cette peur palpable, cette voix blanche, il les avait bien entendues. Mais il n'avait rien fait. Quelle trouble colère, quelle sale jalousie recuite l'avaient empêché de comprendre que Nikos courait un réel danger ? Ah ! le valeureux toubib qui va sauver des vies à l'autre bout du monde, pas foutu d'aller, à deux pas d'ici, prêter main-forte à un jeune homme de vingt ans dont on sent bien qu'il est paniqué. Il aurait suffi de rappeler. « Où es-tu Nikos ? Tiens bon. J'arrive, j'arrive, ne bouge pas… » Le pire aurait-il été évité ? Mais Mathias n'avait même pas cherché à savoir la cause de cet appel de détresse. Rien tenté. Faute. Défaillance. Ce constat le paralysait.

Nora ne pourrait désormais que lui crier sa haine, lui cracher son dégoût. Si un jour elle savait ! Si elle finissait par savoir…

12

Je ne sais toujours pas comment je vais m'y prendre pour rejoindre ces deux-là. Il est pourtant indispensable que je sois sur place ! On ne miracule jamais si bien que sur le terrain.

Chaque fois que j'ai soulevé le toit d'une belle demeure ou traversé les murs d'un modeste appartement, j'ai trouvé des couples qui bringuebalaient. Les mortels veulent à tout prix aller deux par deux. Une vraie maladie ! Par deux, comme les choucas, les castors et les cygnes aux ailes blanches. Seulement ils n'ont pas le duo paisible ! Chez eux, la dualité tourne vite au duel. Leur besoin de se conjuguer se renverse en déception. Certains changent de partenaire ou rêvent d'en changer pour finir par reproduire exactement le même champ de bataille intime. Beaucoup s'arrangent d'un partenaire de hasard. Le couple n'est pas le remède miracle à la grande solitude humaine, mais un pharmakon qui tantôt soulage, tantôt rend malade. Et même tue.

Les êtres humains endurent plus facilement débâcles et désastres qu'ils ne supportent la jalousie. J'ai vu des hommes, au cœur de batailles sanglantes, verser des larmes non sur les morts autour d'eux, mais sur une rupture amoureuse qu'une lettre arrivée la veille leur avait annoncée.

Les cygnes glissent deux par deux sur les eaux des lacs. Si l'orage ou la tempête surviennent, ils vont se réfugier ensemble, d'un coup d'aile blanche, dans quelque abri. Et là, ils attendent patiemment que le calme soit revenu, prêts à laisser à nouveau s'élargir derrière eux leurs sillages parallèles. Mortels, malheureux mortels aux trajectoires confuses, qui s'épuisent à distinguer le tien du mien en se noyant dans le verre d'eau du « vivre à deux ». Combien en ai-je aidé ? De combien ai-je été le gardien ?

Parmi tous ces dieux qui se sont progressivement retirés, beaucoup avaient l'art d'intervenir à grande échelle. Capables d'arrêter une pluie de flèches mortelles et d'orienter l'issue d'une bataille selon leur caprice. Ils avaient l'art de se mêler aux créatures, de séduire et d'engrosser de belles humaines.

J'ai rencontré l'un d'eux, et non des moindres, il n'y a pas si longtemps. Il avait beaucoup perdu de sa prestance, pour ne rien dire de sa gloire. Lui qui avait manié la foudre, et dont l'éclat avait aveuglé plus d'un monstre, n'était plus que l'ombre de lui-même. Ce dieu déchu m'a expliqué pourquoi tant d'humains en couple s'ingénient à mutuellement s'insatisfaire.

« À l'époque, me dit-il, je les avais créés de façon qu'ils soient le plus heureux possible. Des êtres faits de deux moitiés tenant l'une à l'autre car soudées et adaptées par mes soins.

« Je me réjouissais de voir mes androgynes jouir d'un lien si doux et si solide. Sexes bien adaptés. Désirs correspondants. Mais voilà que leur félicité les a rendus présomptueux. N'ont-ils pas prétendu venir s'installer au ciel ? Chez nous, les Immortels ! Dans le feu de leurs amours réciproques, ils se prenaient eux-mêmes pour des Immortels. J'ai regretté ma trouvaille. J'ai cassé mon jouet humain. Comment ? Eh bien ! je les ai tous coupés en deux, et j'ai mélangé les moitiés. Ils étaient calmés ! Chaque moitié allait avoir de quoi s'occuper sur la terre. Passer son temps à chercher sa moitié perdue. Une chance sur des millions de rencontrer la bonne. De multiples essais d'accouplement pour découvrir qu'en dépit d'une première impression ça ne collait pas ! Erreur, erreur fatale. Ils étaient condamnés à accepter la dissonance. Grincements et grains de sable. Eh bien, cette vaine recherche, cette quête acharnée, chaque "moitié", chaque "dividu" en plein désarroi, persistait à l'appeler… "amour" ! »

Ce dieu moqueur ne m'a pas découragé d'essayer d'exercer mes talents.

DEUXIÈME PARTIE

MODESTE MIRACLE

1

Extérieur nuit. Autoroute Genève-Nancey. Les voix à la radio couvraient à peine le ronronnement du moteur, et Mathias leur prêtait une oreille distraite. Il était question d'un couple de Maliens qui vivait depuis des années dans une case, en pleine brousse, avec ses deux enfants. Des islamistes étaient arrivés un matin, les avaient malmenés puis battus sous prétexte qu'ils n'étaient pas mariés. Leur concubinage offensait Dieu ! Alors les fanatiques les avaient emmenés de force au Nord-Est, à Aguelhok. Et là, un trou creusé pour la femme, un trou pour l'homme. Ils les avaient enterrés jusqu'au cou. La foule invitée — de force — à leur jeter des pierres ! Lapidation à mort. La femme s'était évanouie presque tout de suite. L'homme avait hurlé affreusement avant qu'une pierre ne l'atteigne en pleine tempe. Nouvelles du monde. La vie sur terre. Un flash d'informations comme un autre. « Ici Bamako, France Info… »

Mathias avait monté le volume. À Genève, plusieurs de ses contacts et une vieille amie de Human Rights Watch, qui arrivait du Sud-Soudan, lui avaient décrit la situation au Mali. Entre autres. Armés jusqu'aux dents, les groupes islamistes faisaient régner la terreur à Tombouctou. En quelques mois, les terroristes d'AQMI avaient décuplé leur capacité de nuisance avec de l'armement venu de Libye. Ils s'étaient débarrassés des rebelles touaregs et devenaient les maîtres de la région. Ils brûlaient les débits d'alcool et fouettaient les femmes qui ne s'étaient pas voilées à temps. Du coup, des colonnes de réfugiés descendaient vers le Sud. Il allait falloir ouvrir des camps. Parmi les destinations possibles auxquelles Mathias songeait, depuis sa décision de partir, il y avait donc le Mali où il s'était déjà rendu plusieurs fois.

Il roulait à bonne vitesse sur l'autoroute presque déserte. Masses noires montagneuses à sa droite. Le ciel d'été étonnamment clair. La pleine lune découpant des ombres dans les champs. Encore une heure avant de rejoindre Nancey d'où il longerait le lac jusqu'à Ravel. Faire un saut de quarante-huit heures à Genève, renouer avec certaines relations, parler de l'ailleurs ou du lointain lui avaient fait le plus grand bien. Il lui faudrait aussi aller à Paris, s'informer auprès de son organisation habituelle. Pour une présence de longue durée sur le terrain, il ne pourrait pas partir dans l'immédiat et devrait attendre encore.

Un semi-remorque qui avait profité d'une longue descente pour accélérer arriva derrière lui à folle allure et pleins phares, avant de déboîter à la dernière seconde pour doubler la vieille Volvo rêvassante. Le routier klaxonna longuement, en faisant rugir son moteur, dépassa la voiture puis disparut. Deux gros bonbons rouges sucés par la nuit. Mathias laissa faire. Dans sa tête, des images de lapidation. Une fois, à quelques kilomètres de l'endroit où il prodiguait des soins, une jeune fille de dix-sept ans avait été lapidée. Très occupé, il n'aurait rien vu, rien su, si un des types qui faisait office d'infirmier n'était venu tout lui raconter, avec à l'appui des images atroces filmées à l'aide de son téléphone portable. Le jeune gars avait insisté : « Look ! Look ! A girl punished by stoning ! Look ! A shameless, indecent girl ! » Sur l'écran minuscule, un film agité, tremblé, mais sur lequel on ne voyait que trop bien la gosse allongée par terre, se protégeant désespérément la tête avec ses bras nus tandis que les pierres pleuvaient sur son corps.

Mathias crispa les mains sur son volant. « L'horreur…, grommela-t-il, l'horreur ! », et il coupa brutalement la radio. Un début de douleur dans son bras gauche. Mal dans la poitrine aussi. Depuis son malaise en pleine escalade, il se prenait à soupçonner son propre corps. Divorce imperceptible, signe de vieillissement soudain. Puis l'impression de serrement s'estompa. Les kilomètres défilaient. La Volvo en comptait plus de ceux cent mille au compteur. Mathias roulait à présent sur la réserve d'essence. À la première station, il s'arrêta. Debout, dans l'odeur d'huile et de gazole que la brise légère emportait au loin, la main légèrement graisseuse serrant le pistolet, il se sentait bien. D'autres solitaires et voyageurs nocturnes s'arrêtaient comme lui, un moment, dans cette oasis de néons rouges et de lueurs jaunâtres trouant l'obscurité. Au moment de payer, il fut obligé d'attendre. Devant lui, un couple d'obèses n'en finissait plus d'empiler sur le comptoir des revues pornographiques longuement choisies. L'homme en short, le ventre comme un tonneau, la chair de ses cuisses tremblotant au-dessus de ses genoux, deux petits yeux de porc ; la femme aux mamelles monstrueuses, cheveux jaunes, racines noires, la jupe au ras du sexe. Sous leurs doigts boudinés, culs, seins, bouches rouges sur le papier glacé de *Porno star*, *Couples libertins*, *X trême*, *Chiennes soumises*. « On prend encore celle-là, elle a l'air bien », ricanait la femme. Du cuir, des fouets, des corps torturés. « Et celle-là », ajoutait l'homme, montrant une fille avec un collier de chien. Chargés de toute cette chair, ils disparurent.

« Une autre variété d'horreur », murmura Mathias sans que l'employé endormi qui lui tendait sa facturette ne réagisse. Puis il se fondit dans la nuit.

Vingt kilomètres plus loin, il eut une idée. Pourquoi ne pas couper par la montagne ? Il suffisait de sortir de l'autoroute au prochain échangeur, de prendre une petite route presque invisible qui montait en lacets à travers le massif obscur pour redescendre de l'autre côté jusqu'à

Ravel. Mathias n'était pas pressé d'arriver. Qu'est-ce que Nora avait bien pu inventer depuis leur expédition ratée sur le lac ? Déjà partie ? Mais où ? Mathias ne pouvait s'empêcher de songer à un ultime projet avec elle. Mais lequel ? Il ne tarda pas à attaquer les premiers lacets. Sur près de trente kilomètres de route forestière, pas un village, pas un lieu habité. Il pouvait méditer à son rythme, fenêtre ouverte, le bras flottant dans la fraîcheur de la nuit, doigts écartés dans le courant d'air. Crissements et grincements dans le noir d'encre et parfois le cri d'un rapace.

Soudain, dans le rétroviseur, il aperçut de façon fugitive une lumière qui se rapprochait. Une voiture plus rapide que la sienne. Il eut le réflexe d'accélérer en coupant les virages, mais, gêné par les phares, il se contenta de basculer le rétroviseur en pestant. Pare-chocs contre pare-chocs, sans klaxonner, l'autre le talonnait. Un type dingue ou follement pressé ! Il tentait de le doubler mais la route étroite et les fossés profonds rendaient tout dépassement impossible. Les bas-côtés à moitié effondrés empêchaient Mathias de serrer à droite. Collées l'une à l'autre, les deux voitures se suivirent un bon moment. À la faveur d'une courte ligne droite, le véhicule déchaîné bondit dans un grand rugissement, força le passage en faisant gicler les graviers, doubla de si près que les rétroviseurs s'entrechoquèrent, fit une queue de poisson, débraya, embraya, accéléra encore et disparut dans la nuit. Mathias avait écrasé la pédale de frein. Un type en fuite ? Mais aucun poursuivant derrière eux.

Mathias atteignit le col au-delà duquel la route allait descendre sur une quinzaine de kilomètres, jusqu'à Ravel.

Un peu plus loin, en plein virage, alors qu'il traversait une zone particulièrement obscure, Mathias, avec un léger décalage, eut l'impression d'avoir aperçu une lanterne allumée, en contrebas de la route, dans les ténèbres du sous-bois. Quelque chose d'anormal ! Une lumière jaune, sinistre. Qu'est-ce qui pouvait briller comme ça dans un lieu aussi sauvage ? Intrigué, Mathias stoppa et effectua une longue marche arrière. On aurait dit la clarté d'une grosse lampe de poche braquée sur les branches basses. Un silence total, mais une odeur de brûlé, de caoutchouc, de terre et d'herbe coupée. Sur le goudron gris, des empreintes de pneus, et, au-dessous de la route, des arbustes écrasés. Plus bas encore, fracassée contre un arbre, l'Audi qui l'avait doublé un moment plus tôt, masse brûlante et brisée dont un phare, resté allumé, éclairait un nuage de poussière qui retombait sans bruit sur le sol de la forêt. Le véhicule s'était jeté dans la pente. Sa course folle arrêtée tout en bas par le tronc d'un sapin. Silence profond. « Le type doit être mort ! »

Par réflexe, il prit sa lampe et sa trousse, une couverture de survie. Au cas où… Tandis qu'il descendait en s'accrochant comme il pouvait, la clarté du phare qui avait attiré son attention faiblissait mais le guidait encore. Morceaux de métal et de verre, partout. Une forte odeur d'huile et d'essence couvrant celle des pins et de la sauge.

Le front contre le volant, les cheveux blonds poissés de sang, une femme. Mathias tenta d'ouvrir la portière. Bloquée ! Par la fenêtre sans vitre, il se pencha à l'intérieur de l'habitacle et posa l'index et le majeur sur le cou de la passagère. Il remonta délicatement un long bras inerte, nu et pâle, saisit le poignet, écarta les lourds bracelets, l'artère ne battait plus. Le moteur avait été propulsé sur les jambes par le choc. Apparemment, plus rien à tenter.

Le phare s'éteignit. Avec sa lampe torche, Mathias inspecta l'intérieur du véhicule. Vide ! La portière du passager avait été arrachée, la lunette arrière brisée, le coffre ouvert. Puis il fit méticuleusement le tour, s'accroupit, se pencha, se glissa à plat ventre dans les épines de pin pour s'assurer qu'un corps n'avait pas été écrasé par le châssis. L'Audi avait dû faire plusieurs tonneaux avant de s'écraser sur l'arbre. Mathias se redressa lentement. On n'entendait que le chant des grillons, le cri lointain d'une chouette. Il était seul, dans ce lieu désolé, en compagnie d'une morte. Sans savoir pourquoi, il pensa à la Chine. Sans doute à cause des grillons, insectes de la mort et de la résurrection. Un moment plus tôt, cette femme pilotait sa voiture comme une enragée, pied au plancher. Et voilà qu'elle n'était plus que cette chair douce enchâssée dans du métal.

Mathias repoussa avec précaution la tête sanglante, afin de faire reposer la nuque sur l'appui-tête. Du verre pilé tomba en pluie de ses cheveux. Une femme encore jeune, dont le visage, préservé, semblait endormi. Il prévint malgré tout les secours mais, en cherchant son téléphone, il trouva dans sa veste une boîte de cigares achetée à Genève. Des Romeo y Julieta ! En pensant à Waldberg peut-être.

Alors, il s'assit, le dos contre un hêtre, sa lampe torche braquée sur le visage de la morte dans l'encadrement de la vitre. Il eut une brusque bouffée de tendresse pour cette inconnue. Une envie de la veiller, dans tout ce calme. Il était comme un type sur le quai d'un port qui vient de remarquer une femme sur le pont d'un paquebot en train d'appareiller. Elle s'en va. Il reste. Ils auraient pu se connaître. Ils ne se connaîtront jamais. Mathias ouvrit la boîte de Romeo y Julieta et alluma un cigare. La fumée bleue montait dans le rayon de la lampe.

« Qui était cette femme ? Pourquoi conduisait-elle si, si… désespérément ? » Mathias, fumant dans le noir, la regardait s'éloigner. Tout devenait confus.

2

C'est alors qu'il entendit un craquement, à quelques mètres de lui, dans le bois. Il se croyait seul, avec une femme morte, pourtant quelque chose venait de remuer. Puis plus rien. Si, encore un craquement ! Un animal, de bonne taille. « Mais un animal ne bouge pas comme ça, et puis je l'aurais entendu approcher. » Donc un être humain, un corps humain ! Pendant tout ce temps, quelqu'un s'était trouvé là ? Dans le noir ?

Mathias était aux aguets quand il perçut le bruit de l'autre côté de la voiture accidentée. On aurait dit que ça avançait, que ça rampait. Encore ! « Il y a quelqu'un ? » Il n'avait pas parlé fort mais il eut l'impression d'avoir crié. Un hululement lointain pour toute réponse. Cela se déplaçait à présent. Pas très vite. Pas comme une bête qui a peur. Pas comme un homme qui veut fuir. La chose devait se traîner dans les feuilles. Une pensée lui traversa l'esprit : « Et s'il y avait eu un passager dans l'Audi ? Un blessé que je n'aurais pas trouvé ? » Pas exploré assez loin, avec la lampe ! Mathias se précipita, fouillant le noir en tous sens. Il ne tarda pas à voir la forme sombre. Surtout parce qu'elle se déplaçait péniblement. Il voulut s'approcher. La silhouette se figea sur place. « N'ayez pas peur, ne bougez pas, je suis médecin, ne bougez pas... » Puis il braqua sa torche là où il pensait trouver un visage.

Un homme était allongé entre deux souches. Grand, volumineux. Bras ouverts. Dans le faisceau apparut une face ronde. Pendant que Mathias fumait près de la voiture accidentée, le blessé se trouvait à peine à dix mètres. Il avait dû être éjecté, projeté très loin quand la portière avait été arrachée. À moins que, sous le choc, le type n'ait voulu fuir le lieu de l'accident. Mais il était là. Encore en vie ! « Surtout ne bougez pas ! » répéta-t-il, et il voulut examiner le blessé.

Une voix lui répondit, extrêmement claire, puissante elle aussi. Pas la voix d'un homme qui souffre. Elle articula :

« Ça va ! Ça va aller... Aidez-moi seulement à me relever. C'est moi qui viens vers vous... »

Le type devait délirer sous le choc, inconscient de la gravité de ses blessures.

« Ne vous agitez pas. Vous devez rester complètement immobile ! »

L'homme, parlant distinctement, répétait que tout allait bien. Sans en tenir compte, Mathias le saisit fermement par les épaules afin de l'obliger à rester allongé. « Répondez-moi : où avez-vous mal ? Serrez ma main ! Plus fort ! » Le bonhomme avait des doigts vigoureux. Il serrait sacrément fort pour un type en mauvais état. Pas de sang dans la bouche. Il respirait régulièrement. Mathias lui fit remuer la jambe gauche puis la droite. Les pieds, les orteils dans la chaussette. Aucune partie du corps ne semblait privée de sensations. Mais surtout un pouls incroyablement paisible, comme après une sieste. Peut-être quelques côtes cassées ? Apparemment rien de grave. Pourtant, en l'examinant rapidement dans le pinceau blanc de sa lampe, Mathias avait l'impression que quelque chose clochait. Mais quoi ? « Vous voyez, ça va. Je vais me mettre debout… Je peux remonter avec vous. » Mathias trouva étonnant que cet homme ne demande aucune nouvelle de la conductrice. Il l'enveloppa dans la couverture de survie.

Au cours de la descente, Mathias avait glissé et s'était meurtri un genou, mais il remarqua qu'il n'avait plus la moindre douleur au bras ou à la poitrine. Comme dopé par son intervention.

L'imposant bonhomme s'assit sur une souche, la couverture de survie jetée sur ses épaules comme deux ailes dorées, froissées et pendantes. Le buste en avant, le coude appuyé sur sa cuisse, le menton sur son poing, comme s'il méditait sur tous ces bris et débris. Indemne, valide, il ne s'était pourtant pas précipité vers la voiture accidentée pour savoir si la conductrice était encore vivante. Aucun affolement apparent, comme s'il était naturel de se trouver dans cette forêt, une nuit d'été, à presque deux heures du matin.

Comme Mathias lui reprochait vigoureusement de ne pas rester allongé, il se drapa solen-
nellement dans la couverture miroitante. Il dit :
« Je vais bien... Je suis là... je suis arrivé... »
sans même regarder Mathias qui pensait qu'au
contraire ça n'allait pas bien du tout. Arrivé
où ?

« C'était votre femme ? »

Une longue minute de silence, puis : « Je ne la
connais pas ! Je sais qu'elle est morte, c'est tout.

— Mais vous étiez dans cette voiture ? Elle a
manqué un virage. Vous rouliez trop vite...

— Possible, possible, je ne me souviens de
rien... Je vous dis que je ne sais pas qui elle est.

— Ni ce que vous faisiez avec elle ? »

Pas de réponse. Debout, le rescapé devait
mesurer un bon mètre quatre-vingt-dix, longues
jambes, grands pieds, une chaussure perdue. Surtout, une tête ronde assez singulière. Sans âge.
Quelque chose de juvénile et de très vieux. Déjà
usé. « Comme un savon », pensa Mathias sans
savoir pourquoi. Un peu de barbe roussâtre mal
plantée, mais surtout des yeux d'une vivacité et
d'une ardeur surprenantes, surtout après un accident aussi dramatique. L'homme devait le savoir
car il faisait en sorte que son regard ne croise
jamais celui de son sauveteur. Mais ce qu'il fixait,
on eût dit qu'il le radiographiait, qu'il était
capable de décomposer ou de dissoudre tout ce
qui lui tombait sous la vue. Il remonta la couverture qui glissait de ses épaules et Mathias remar-

qua à quel point ses mains étaient blanches, lisses. Une drôle de peau.

Les pompiers déclenchèrent la sirène deux ou trois virages avant d'arriver sur les lieux. « Enfin, les secours ! » Du fond du ravin, il se mit à faire de grands gestes, et soudain le rescapé et lui furent pris dans la lumière d'un puissant projecteur braqué sur eux depuis la route. La femme derrière son volant, la tête à la renverse, parut toute blanche, toute frêle, entre les corps sombres des pompiers qui sciaient la tôle avec une disqueuse. L'étrange blessé fut remonté jusqu'aux ambulances. Le docteur Clamant répondit aux questions des gendarmes. Certains prenaient des photos. Ils demandèrent à Mathias de venir, dès le lendemain, faire une déposition plus complète. Le silence de la forêt retombait.

Comme le jour se levait, il aperçut le lac et les premières maisons de Ravel. Plusieurs éléments continuaient à le troubler. « Pas possible que ce type s'en soit sorti aussi facilement ! On verra bien ce que montrera le scanner, à l'hôpital. Et puis ses mains, difficile à dire, on aurait dit qu'il leur manquait quelque chose. Même sa voix, si on y réfléchit… Sa façon de regarder… » Mais ce qui le gênait, c'étaient les dernières paroles prononcées : « Tombé, je suis tombé. Voilà tout. Vous savez aussi bien que moi, docteur, qu'il existe mille façons de tomber. Personne ne sait quelle chute sera la bonne. Mais comme on dit : "C'est toujours la gravité qui gagne", n'est-ce pas ? La gravité… »

3

Le surlendemain, dans la presse, l'affaire s'étalait à la une. La police n'avait pas mis longtemps à identifier la conductrice. Il s'agissait de Barbara Feltrinelli, propriétaire du casino de Nancey, personnage trouble dont la respectabilité ne tenait qu'à un fil, ou plutôt à la protection inavouée de politiciens locaux, tous partis confondus, qui avaient bien besoin, pour leurs campagnes électorales, de l'argent sommairement blanchi par les machines à sous. Une femme qui entretenait des liens avérés avec le milieu. Tout le monde était au courant mais elle était invitée à toutes les manifestations officielles. Un journaliste, enquêteur inconscient, auteur d'un article la mettant gravement en cause, avait un jour été retrouvé mort, au bord d'une route. On avait parlé de rôdeurs, de gitans. Ancienne compagne d'un gros trafiquant, en cavale depuis des années, on la soupçonnait d'être restée en contact permanent avec lui et d'avoir la haute main sur l'écoulement de la drogue dans toute la région, et ailleurs… Une photo en noir et blanc la montrait, souriante et élégante, lors d'un rallye automobile. Sur un autre cliché, elle posait, le poing sur la hanche, devant une rangée de « bandits manchots ». Le culot et l'élégance. Et voilà qu'elle était morte.

Mathias se pencha à plusieurs reprises sur le visage d'encre et de papier. En pleine nuit, il en avait effleuré la chair. Ses doigts posés sur cette gorge qui ne palpitait plus. Tout ce charme de femme mûre, cette séduction provocante, sur les photos, n'était plus qu'un souvenir. Le journal disait qu'on avait aperçu Mme Feltrinelli à Genève. Elle y était donc en même temps que lui. Mais, bon sang, pourquoi roulait-elle si vite ? Et, contrairement à ce que sous-entendait l'article, personne ne la poursuivait. Sa précipitation avait une autre cause. Le mystère était redoublé par la présence de ce passager. Un individu, sans papiers d'identité, sans bagages, sans aucun objet personnel, incroyablement indemne mais frappé d'amnésie à la suite du choc. Quel âge ? Quelle nationalité ? Le journal racontait que l'homme, capable de comprendre tout ce qu'on lui disait, s'exprimait dans un excellent français, mais parlait couramment d'autres langues. Lui-même n'avait aucune idée de *qui* il était, ni de ce qu'il faisait cette nuit-là en compagnie d'une louche tenancière de casino.

« *L'homme, toujours sous le choc, sourit d'un air navré, fait un geste d'impuissance. Il semble aussi égaré que les enquêteurs qui l'interrogent* », voilà ce que disait l'article. La police avait communiqué une photo accompagnée d'un appel officiel à identification. Son visage, rond et pâle, paraissait avoir été esquissé par un dessinateur amateur. Quelque chose n'était pas normal, mais impossible de préciser ce qui produisait à la fois cet effet pénible et cette attirance. D'après ses empreintes, digitales ou génétiques, il figurait dans aucun fichier. Inconnu des services de police, comme d'Interpol. Un des experts médicaux avait, toujours d'après le journal, émis l'hypothèse que l'homme était peut-être un simulateur !

Les jours suivants, l'affaire de l'accident mortel de Barbara Feltrinelli tomba vite dans l'oubli. Des articles plus expéditifs, en pages intérieures, expliquaient que la police poursuivait ses investigations. Sans la moindre piste.

Pendant ce temps, au casino de Nancey se tenaient de discrètes assemblées. De grosses cylindrées immatriculées au Liechtenstein attiraient l'attention. La succession de Mme Feltrinelli était ouverte. Avec le risque de règlements de comptes. De meurtres ? Pendant les tractations, les jeux d'argent continuaient !

Des experts des renseignements généraux, des psychologues de la police, des psychiatres se relayèrent auprès du mystérieux individu pour tenter de lui faire recouvrer la mémoire. Ils firent d'audacieuses hypothèses à partir de ses vêtements, de sa dentition. Scanner d'un côté. Interrogatoires de l'autre. Mais en vain ! Rien de significatif. Les rapports étonnés des médecins des urgences et de la réanimation soulignaient l'extraordinaire faculté de récupération, la vitesse exceptionnelle de cicatrisation de ce patient tombé de nulle part. Que dire ? Ces mystères nous dépassent…

Dès le lendemain, Mathias s'était rendu à la gendarmerie comme convenu au milieu de la nuit. Entre-temps, il n'avait pu dormir, chez lui, à Ravel, que deux ou trois heures. Sa déposition, tapée par un gendarme, se révéla au final incroyablement courte. Juste l'essentiel. L'heure. Les phares dans la nuit. Le dépassement à haut risque. La lueur d'une lanterne, en contrebas de la route. Il aurait fort bien pu passer son chemin sans rien voir.

Mathias avait choisi de ne pas parler à la police de l'impression que lui avait faite le passager anonyme, ne sachant s'il devait l'attribuer à une cause objective ou à sa propre fébrilité.

Dans la nuit, il avait constaté que Nora était toujours là. Elle vidait l'atelier, détruisait, jetait ses créatures, en faisait un tas de branches mortes dans un coin retiré du jardin. Il avait essayé de lui raconter sa pénible aventure de la route forestière, sans les détails bizarres. Mais elle avait déjà entendu de sa part tant de récits tragiques que, dès qu'il s'agissait de blessés, de sang, d'agonisants, elle devenait inattentive. Très lasse. Elle s'était tout de même souciée de son état :

« Tu n'as rien toi au moins ? Ils auraient pu t'envoyer dans le ravin, ces dingues. »

Elle était, disait-elle, occupée à « faire le vide ». Bientôt le feu. Cette fois, ça allait cramer pour de bon ! Retour aux cendres. Nora prenait un malin plaisir à faire basculer ses personnages, un à un, et à les regarder se casser en morceaux. Sciure, bois brisé et poussière. Une sorte de Golem s'était écroulé entre eux, au ralenti.

« Hmm ! Toujours la gravité qui gagne… »

Puis Mathias s'en était allé comme il était venu. Tout fissuré de fatigue. « Trop tiré sur la ficelle. » Oh, ça oui…

La gravité qui… Il ressassait cette petite phrase. Sans savoir d'où elle sortait. Pourquoi le rescapé l'avait-il prononcée avec cet air faussement innocent ? Comme un signe ? Un message ? L'épuisement fait qu'on imagine les choses les plus absurdes.

À l'hôpital, on avait installé l'accidenté dans un pavillon, à l'écart, en haut d'un parc qui descendait en pente douce jusqu'au lac. Un policier, effondré sur une chaise, devant la porte, pianotait sur son téléphone comme un gardien de musée. Mathias connaissait tous les médecins qui s'étaient occupés de ce cas peu banal. L'un d'eux lui rapporta qu'à force de cuisiner le type à propos de son nom, de son pays d'origine, de ses activités, les gendarmes avaient obtenu un embryon de réponse :

« Raphaël…

— C'est votre prénom ?

— C'est tout ce dont je me souviens, en tout

cas. (Front plissé, sourire désolé.) S'il s'agit d'un prénom… »

Puis silence. Pas la moindre trace biographique, à part de petites remarques vite qualifiées de délirantes. Les toubibs racontèrent ainsi à Mathias que cet homme, auquel il était difficile de donner un âge si ce n'est avec un risque d'erreur de dix ou vingt ans, était au courant, et dans le détail, d'une foule d'événements mondiaux, présents ou passés. Toute l'histoire du monde. Des précisions incroyables. On l'interrogeait et il répondait. « Une véritable encyclopédie ! » L'un des experts l'avait même surnommé « Google man ». Mais en ce qui le concernait, lui, personnellement, ce personnage prétendait ne rien savoir du tout. Pas de place sur la terre, comme si le monde avait toujours existé *sans lui*.

Mathias ne se retrouva seul à seul avec l'inconnu que trois jours plus tard. Il le vit d'abord de dos, assis dans un fauteuil, devant la fenêtre, en train de contempler le lac. Au loin des cygnes glissaient sur les eaux. Leurs reflets blancs entre les formes mouvantes des nuages. La porte de la chambre était ouverte. Mathias n'avait fait absolument aucun bruit, mais le type dit, sans se retourner :

« Je préfère voir ce lac comme ça, à l'horizontale… C'est mieux. Disons que ça me change. Bonjour docteur. Je vous attendais. »

Le rescapé était calme. Patient. Pas de douleurs, ni même de courbatures. Son amnésie ne le gênait pas. Mathias retrouvait cette face de lune, cet air de gamin, presque d'idiot, noyé dans une grimace de vieux sage. Ou l'inverse. Il avait l'intuition qu'il devait se méfier. Oui, toujours ce truc qui clochait… Se tournant vers son visiteur, l'homme se leva sans le moindre effort. Son corps d'apparence lourde et massive se dressait avec facilité, ou plutôt « montait », léger, comme un ballon gonflé à l'hélium, jusqu'à ce qu'il se tienne bien droit. Une tête de plus que lui. Il aurait été malvenu de proposer un examen clinique. D'ailleurs, n'étant pas dans son service, Mathias n'avait pas de raison de jouer ce rôle. Il était censé venir uniquement pour prendre des nouvelles de celui qu'il avait découvert gisant dans la forêt et dans la nuit. Mais l'observer attentivement n'était pas interdit.

Le prénommé Raphaël proposa de faire quelques pas jusqu'au rivage au lieu de rester dans la chambre. Mathias scrutait ce corps. On l'avait vêtu d'un pantalon d'infirmier et d'un T-shirt blancs, chaussé de sandales en plastique. Il semblait s'en accommoder. « Ses mains ! » Dans la nuit, ses mains étaient apparues trop blanches à Mathias. Imperceptiblement fluorescentes. Illusion ? Sans doute car, en plein soleil, bien que dépourvues de veines apparentes, elles semblaient normales. D'ailleurs, une fois à l'extrémité du ponton, il les tendit en avant pour rompre et émietter un quignon de pain dont il lançait des morceaux à tous les cygnes qui approchaient sans bruit. Ce pain, Mathias aurait juré qu'il ne l'avait pas avec lui en quittant la chambre ! Pain soudain « apparu » au bout de ses doigts. D'un mystère l'autre. Ses joues avaient été approximativement rasées et de-ci, de-là, sous le menton, sous les narines, se dressaient des poils follets et roux, non pas drus mais légers, presque dorés dans la lumière. Bref, pas un indice ! Mais un indice de quoi ? Avant de le voir, Mathias s'était procuré les rapports médicaux de ses collègues. Il n'y avait trouvé aucune mention d'un détail troublant qui lui avait pourtant sauté aux yeux, au moment où il l'avait ausculté en urgence, en pleine nuit. Un détail sur lequel il n'avait pas eu le temps de s'attarder : l'homme n'avait pas un « vrai nombril » ! Trop absurde ! Trop fou ! C'était si dingue que Mathias s'était interdit d'y repenser. Sans cesser d'y revenir.

Il ne fallait surtout pas qu'il remette en question ses projets de départ en mission, de départ tout court, de rupture. Un ami venait justement de lui parler d'un ouragan en Haïti. « Tu connais le pays, tu y es déjà allé. Dis-toi que rien n'a changé. Les mêmes villages de toile. La même misère. Tout est à nouveau sens dessus dessous. Si ça te dit d'y retourner… » En même temps, l'apparition de l'amnésique le concernait. Un appel obscur.

Le plus étonnant, c'est qu'au cours de ce tête-à-tête, alors que des dizaines de cygnes s'étaient rassemblés en dessous d'eux et plongeaient par intermittence leurs cous dans l'eau pour attraper un morceau de pain comme on attrape in extremis un noyé qui coule à pic, Mathias ne fut pas capable de poser une seule question sérieuse.

Incapable d'enquêter, de savoir si cette amnésie était du mauvais cinéma, une tromperie dissimulant quelque perfidie ou une pathologie grave. Sous l'influence de ce bonhomme, que fit-il ? Rien, sinon discuter, bavarder sans fin. De quoi ? Des corps souffrants, du vivant, du bien, du mieux, du mal et de l'état du monde. Mathias, en y repensant, avait le sentiment d'un délire, d'un dialogue de fous, comme s'ils avaient bu ensemble, fumé de la marijuana, le joint circulant entre eux et le bec orange des cygnes, les morceaux de pain imbibés de mescal, n'importe quoi, la surface du lac comme un ciel vu à l'envers, les propos de deux idiots qui, dans la clarté bleue du monde, se foutent joyeusement de tout… Bref, au contact de l'homme sans mémoire, le soucieux docteur s'était trouvé embarqué malgré lui dans une conversation sans queue ni tête jusqu'à ce qu'un infirmier, vêtu exactement comme le prétendu Raphaël, ce qui les avait fait rire tous les deux, ne les rejoigne et n'invite le malade à rentrer, ce qui mettait fin à la visite.

Les jours passèrent et bientôt, l'enquête continuant de piétiner, la police fut conviée à ne pas trop approfondir — le casino faisant salle comble. Le rescapé devint vite encombrant pour l'hôpital. Un cadavre non identifié, on sait quoi en faire : un tiroir réfrigéré à la morgue ! Mais un garçon sans âge, vigoureux, cultivé, parlant un excellent français et contre lequel ne pèse aucune charge, on en fait quoi ? Pas question de

renvoyer dans la nature un individu sans vêtements, sans argent, sans métier connu, sans
point de chute... Impossible de l'enfermer. Prison ? Impensable ! Hôpital psychiatrique ? Pas
pour une simple amnésie. Le problème fut soumis au préfet, qui contacta plusieurs associa-
tions. Lorsqu'un des directeurs de l'hôpital lui
fit part de son embarras, Mathias s'entendit
lui proposer : « Si la Croix-Rouge ou les Emmaüs
lui trouvent une garde-robe et si la région déblo-
que une petite aide, il peut s'installer chez moi.
J'ai la place de le loger. Et puis comme ça, on l'a
sous la main. Avec le temps, il n'est pas impossible que les souvenirs lui reviennent. On sait
qu'il suffit d'un rien. Un détail peut jouer le rôle
déclencheur, et alors... »

Il craignait qu'il ne se volatilise. Comme s'il lui
appartenait un peu. Il sentait que ce Raphaël
avait quelque chose à voir non seulement avec
lui, mais avec sa femme, avec toute cette faune
végétale et cette vapeur de malaise et de malheur
qui flottait autour de chez eux. Chez eux.

Sa proposition fut acceptée. Ainsi, cet amnésique plongé dans une indifférence étonnante
allait rester sous la responsabilité d'un médecin
de l'hôpital, d'un praticien respecté et plein
d'expérience. Quand ils partirent ensemble vers
Ravel, assis dans la Volvo, le passager plissait tranquillement les yeux pour suivre les bateaux qui
croisaient sur le lac. Il avait allongé ses grandes
jambes, tassé confortablement son corps sur le

siège, et se laissait conduire comme si, depuis le début, il n'avait attendu que ça.

« Nous arrivons, Raphaël…

— Oui, je vois, je vois…

— Vous connaissez le coin ?

— Pas du tout, mais je vois que nous arrivons, c'est tout. »

4

Voilà, j'y suis. Et pour l'instant, j'y reste. Clamant m'a installé chez lui. Ou plutôt dans le petit appartement situé sous la terrasse de sa maison. Entre une chambre et un cabinet de consultation inutilisé, il y a une petite pièce bourrée de livres, avec un lit étroit, un fauteuil, une table. Tout ce qu'il me faut. S'il souhaite m'avoir sous la main pour quelque temps, tant mieux! Il n'a pas pu s'empêcher de me poser encore des questions. Où ai-je fait mes études? des études de quoi? ma nationalité? Il a essayé de me piéger: quel âge aviez-vous en 1989? en 1968? en 2001? où étiez-vous? J'ai répondu: « Il nous arrive tant d'informations, de partout, vous savez, qu'on ne sait plus bien faire le tri entre ce qu'on a vécu et ce qu'on a entendu dire… » Bref, je le déçois, le cher docteur. Il faut que je me mette au travail.

En tout cas, « faire l'amnésique » c'est jouer le plus reposant des personnages. On répond: « Je ne sais pas… Je ne m'en souviens pas. Un blanc… Un vide… » On ne se tient que dans la belle lumière du présent. L'instant angélique. On observe.

C'est drôle, j'avais un peu oublié, mais les êtres humains vus de près sont particulièrement touchants. Tous, même les pires. Par-delà le bien et le mal. Rien à évaluer. Quand on colle son œil sur un tableau, on ne voit que des taches : quand on est à quelques centimètres d'un mortel, on ne perçoit que sa chaleur, ses gestes, sa respiration, son regard triste, paroles et gestes décousus. Par contre, vus du ciel, il y a des salauds, des saints, des ordures ou des criminels… Mais le terre à terre a quelque chose de plus flou.

Dès notre arrivée, avant de m'installer dans ma cellule-bibliothèque, Clamant a tenu à me présenter à son épouse Nora. Elle nous a rejoints de mauvaise grâce. Le visage fermé. C'était la première fois que nos yeux se rencontraient. Je l'avais toujours vue de si haut ! Des plongées dans son lit, dans la forêt, ou dans son atelier. Face à face, j'ai découvert autour de ses yeux cent petites ridules à peine perceptibles. Elle n'a pas paru étonnée qu'un étranger vienne s'installer sous son toit. Elle m'a serré aimablement la main. Une main petite et fine, mais quelle poigne ! Elle m'a dit qu'elle-même était sur le départ. J'ai compris que j'allais devoir faire vite ! Pourtant, contre toute attente, désireuse de plaisanter, elle m'a gratifié d'un beau sourire : « Puisque vous vous appelez Raphaël, m'a-t-elle lancé, vous devez savoir ce que Picasso disait de ce peintre ? » J'ai répondu : « Sûrement quelque chose de bien envoyé. »

« Picasso disait que ses tableaux nous transportent en plein ciel, la Madone Sixtine, les nuages, les anges, vous voyez ? Et Picasso ajoutait : "Ce n'est pas Vinci qui a inventé l'aéronef, c'est Raphaël !" »

Elle s'apprêtait à nous tourner le dos. Clamant

m'entraînait déjà vers mon logement mais Nora s'est ravisée et s'est mise, sans vergogne, à m'examiner, comme si quelque chose dans mon visage avait déclenché une alerte. Quelle intuitive, cette Nora ! Hypersensible aux signes. Je lui ai fait un sourire, j'ai fait le bête. Après tout, j'étais un malade, un individu en état de choc, un pauvre type. Et mon Dieu, son mari était bien charitable. En même temps, je me suis dit que c'était surtout pour elle que j'étais descendu. Pour arriver à mes fins j'ai quand même été contraint de bricoler. Un collègue, ancien ange exterminateur reconverti en justicier, m'a donné un moyen d'atteindre Mathias Clamant. Il m'a expliqué que, ce fameux soir, l'itinéraire d'une certaine Barbara Feltrinelli était le même que celui du médecin de Nancey. Mon collègue devait mettre fin aux jours de cette dangereuse aventurière (et paraît-il grande criminelle). Il « fallait » qu'il lui arrive un accident vraiment fatal.

Sans chercher à en savoir trop, j'ai accepté le coup de main qu'il me proposait. Et voilà comment je me suis retrouvé assis auprès de cette Feltrinelli. Vertige, parfum de femme et tabac blond. Sa voiture filait dans la nuit. J'occupais, non sans ironie, la « place du mort ». Ne se doutant pas de ma présence, la femme gangster chantait à tue-tête. Plutôt sympathique, dois-je dire. Vue de près, évidemment. Pressée, nerveuse, elle a rattrapé la voiture de Clamant, avant de la dépasser de façon spectaculaire. Quand nous avons atteint les grands lacets, j'ai fait « ce qu'il fallait ». Le ravin, les branches cassées et un tronc contre lequel s'écraser. Du bon boulot ! Un moment plus tard, je voyais le docteur Clamant se pencher sur moi. Le contact était établi.

J'ai passé la première nuit à parcourir les livres qui entourent ma modeste couche. J'en savais par avance chaque page, chaque ligne, évidemment, mais c'était agréable d'aller et venir entre un traité sur l'hygiène et un roman du genre Guerre et Paix. Clamant s'était enfermé dans son cabinet. Il devait partir et m'avait donc annoncé que je resterais seul quelques jours, mais que je pouvais profiter du jardin, descendre me promener au bord du lac, et que j'aurais toujours de quoi me restaurer. Ainsi soit-il !

À l'approche de l'aube j'ai commencé à me concentrer. Que pouvais-je inventer ? Quel événement allais-je choisir de déclencher ? Je parle de quelque chose de « plausible », car un miracle n'est rien d'autre qu'une possibilité dormante qui, sans la « pichenette de l'ange », ne se serait jamais réalisée. Et dans le grand cimetière du possible, il y a des milliers, des millions de possibilités qui dorment du sommeil de l'inaccompli.

Je suis sorti prendre l'air. Le jour se levait. Enfin j'ai trouvé ! Ce n'était pas un miracle bien extraordinaire que j'allais accomplir, mais pas négligeable non plus… Rien de honteux pour un vieil ange. Une « bonne nouvelle » qui ne pouvait faire que du bien à mes deux protégés. Clamant avait pris la route, me laissant seul dans sa maison, en compagnie de sa femme. Je pouvais affiner un peu mon plan.

Je me suis assis dans le jardin, sur un banc de bois qui encerclait un grand tilleul. Sur la pelouse mal entretenue s'entassait tout ce que Nora avait extrait de son atelier en vue de le brûler. Pour accomplir correctement sa tâche, un ange doit se concentrer très fort, s'emplir de volonté divine, ressentir une sorte d'ivresse.

Il est soudain affecté de tremblements, sa nuque devient glacée, son crâne brûlant, ses mains moites. Enfin, une crise de hoquet plutôt violente secoue tout son corps : ça veut dire qu'il a réussi !

Je me sentais plutôt bien sous mon tilleul. Des voix lointaines. Des murmures venus du feuillage. Le soleil se levait derrière les montagnes. Ses premiers rayons léchaient la maison. C'est alors que j'ai entendu un léger bruit en provenance de la maison, un grincement. Nora Krisakis, poussant le battant de la porte-fenêtre, pénétrait dans le jardin. Je l'ai vue faire quelques pas, puis s'accroupir, en chemise de nuit, pieds nus entre deux rosiers fanés. Je l'ai vue pisser. J'ai vu son cul, un ange peut tout voir. Je ne pouvais plus m'empêcher de fixer ces fesses pâles et solitaires entre les roses fanées. J'ai senti tout ce désespoir, et j'ai commencé à trembler.

Un chat tigré venait d'apparaître. Se croyant seule, Nora ne se décidait pas à se relever. L'animal, en face d'elle, s'étirait, plissait les yeux. On eût dit qu'ils discutaient, tous les deux. Silence contre silence. J'ai l'habitude d'assister aux scènes les plus intimes, mais de très haut dans le ciel, sans risquer d'être surpris. J'ai fermé les yeux afin de ne plus voir ce cul blanc, ces roses mortes, le sourire du chat. La tête me tournait.

C'est alors que, sans m'y attendre, j'ai émis un formidable hoquet ! Un retentissant « hic » dans la grande paix du matin. La femme a sursauté, s'est redressée brusquement, s'est retournée. Elle m'a découvert au moment de la deuxième secousse de hoquet. Elle a marché droit sur moi, s'est immobilisée, bien campée sur ses pieds au milieu des pissenlits.

« Vous étiez là ? »

J'ai craint qu'elle ne s'indigne, mais elle s'est contentée de hausser les épaules, de rajuster une bretelle de sa chemise. Elle avait d'autres préoccupations, et ne se souciait guère d'un rescapé totalement amnésique venu occuper quelque temps sa demeure. « Il fait si bon, si doux, ce matin. Pourtant, déjà septembre… » ai-je eu le temps d'articuler avant d'être secoué par un nouveau hoquet. Elle m'a regardé avec étonnement, mais sans colère, presque amusée d'avoir été surprise, puis m'a abandonné à mon désœuvrement. En tout cas ce hoquet ridicule me faisait un plaisir immense. Ma nuque était légèrement raide et glacée. Mon front brûlant comme si j'avais de la fièvre. J'étais « aux anges » ! Quelque chose allait avoir lieu ! Quand le hoquet a pris fin, je me sentais particulièrement bien.

Trois jours ont passé sans que Mathias réapparaisse. J'ai vu Nora plusieurs fois. Nous sommes parvenus à parler ensemble. Elle s'est peu à peu laissé apprivoiser. Elle n'avait cure de ma prétendue amnésie. Ses créatures étaient allongées dans l'herbe. Prêtes pour l'autodafé. Je lui ai donné un coup de main.

« Il faut absolument que je me débarrasse de tout ça avant de partir, qu'il ne reste plus rien de moi, ici, affirmait-elle. Rien derrière moi. »

Nous avons vécu ces trois journées dans le pur présent d'une agitation vaine. Évacuation et destruction. Je faisais ce qu'elle me demandait. J'appréciais qu'elle ne me posât aucune question sur mon hypothétique passé et ne cherchât pas à m'aider à le reconstituer. Je me retirais de temps en temps pour méditer et revoir mon plan. Dans ma chambre ou sous le vieux tilleul. Dès que le docteur serait de retour (mais allait-il revenir ?), je déclencherais l'opération.

Mathias est rentré, mais il semblait déçu. Il devrait attendre. Sur le plan international, le moment était délicat. Dans un très grand nombre de pays, nous a-t-il raconté, des hommes se livraient à toutes sortes de violences au nom de Dieu. Déchaînés. Furieux. Méchants. Leur colère comme une traînée de poudre. Des types rendus hystériques par ce qu'ils qualifiaient de « blasphème ». Alors, en troupeaux ou en petits groupes, soumis à de malins meneurs, ces croyants semaient la terreur. Afin de « venger Dieu ». Il y avait des morts. On craignait des représailles, même sur les organisations humanitaires, venues apporter un peu de soulagement aux populations, non pas au nom de Dieu mais en raison de l'humaine fragilité !

Pauvres mortels ! me disais-je, pauvres fous de Dieu ne se doutant pas une minute de l'état dans lequel se trouve l'objet de leur foi, ne pouvant imaginer à quel point il est complètement égal à Dieu d'être offensé ou remis en question, ou même nié haut et fort. Au-dessus de ça, Dieu ! Ou en dessous, je ne sais pas. À moins que l'extrême violence de ces prétendus croyants ne témoigne de la crainte que leur Idole manque d'efficacité !

Quelques heures avant que son époux arrive, Nora avait mis le feu au grand bûcher des créatures. Un panache de fumée épaisse montait du jardin, soulevant brindilles incandescentes et escarbilles noires, puis, poussé par le courant d'air venu de la montagne, il s'inclinait, s'allongeait et s'élargissait au-dessus du lac. On devait l'apercevoir de très loin. Mais le brasier restait sous contrôle. D'abord parce que j'y veillais, ensuite *parce que Nora n'avait pas l'intention de mettre le feu à toute la baraque. Ce qui restait de l'armée des monstres, démons et génies malins s'est consumé toute la nuit.*

Je crois qu'il y a eu encore une orageuse explication entre Mathias et Nora. Ils répétaient à tour de rôle qu'ils se quittaient, que tout était fini. Mais ni l'un ni l'autre ne s'y résolvait. L'atmosphère empestait la résine, la colle et la peinture brûlées. Des cendres voletaient autour de la maison et du jardin, se collaient dans les cheveux comme des flocons gris. Il suffisait de passer un doigt sur n'importe quelle surface pour en ramasser une petite couche. C'était la fin. J'interviendrais au tout dernier acte. La nuit n'a été bonne pour personne. À l'aube, je suis allé faire quelques pas dans le village endormi. La rue principale de Ravel descend assez fort, perpendiculairement au lac de Nancey. Lorsque j'ai aperçu la camionnette bleu marine de la gendarmerie qui la remontait à très faible allure, sans s'arrêter, dépassant les dernières maisons, j'ai su que ma mécanique angélique était enclenchée.

Dès qu'il entendit claquer les portières dans
la cour, devant la maison, Mathias alla lentement à leur rencontre. Il connaissait vaguement
chacun des militaires mais ne les avait jamais vus
ensemble. Un brun sec et maigre, cheveux en
brosse, et un costaud au crâne rasé. Quand les
gendarmes vont par deux, on remarque assez
vite un contraste comique entre leurs allures respectives, du genre Laurel et Hardy. Il avait dû
les croiser aux urgences où la gendarmerie ame-
nait de temps à autre des types blessés, menottes
aux poignets. Et des femmes violées pour lesquelles il devait faire un sinistre constat.

« Vous êtes aussi matinal que nous, docteur. »

Il en fallait plus pour inquiéter Mathias qui
avait souvent eu affaire à des hommes en uniformes et bien armés, aux allures moins débon-
naires. Il connaissait par cœur l'arrogance et les
airs puérilement menaçants de n'importe quel
mâle, sur la terre, auquel on a donné deux galons
et un flingue. Ces deux-là n'échappaient pas à la

règle, avec leur mine grave, leurs gestes étudiés, même s'ils s'efforçaient de prendre des gants avec les gens respectables. Eux aussi connaissaient Clamant et, bien sûr, toutes les rumeurs qui couraient sur son épouse, brisée par le chagrin et à moitié folle.

« Dites donc, qu'est-ce que vous avez brûlé comme ça, hier soir et cette nuit ? Vous savez que c'est interdit ? On nous a téléphoné au moins dix fois. Des gens se sont plaints. On renifle l'odeur de loin… Enfin, ce n'est pas pour le feu qu'on vient… »

Mathias ne répondit rien. Il savait prendre son temps. C'est le gendarme sec et maigre qui tira d'une serviette de cuir noir deux enveloppes. Mathias haussa un sourcil, tendit la main.

« C'est une convocation au tribunal, docteur, sur commission rogatoire d'un juge. Il y en a une pour vous et une pour Mme Krisakis. Il faudrait en principe que je lui remette le pli en mains propres. C'est urgent. Le juge… enfin ce juge est une dame… vous attend cet après-midi. Nous pouvons vous y conduire tout de suite, avec votre épouse, mais vous pouvez aussi vous y rendre par vos propres moyens. Vous ne devez pas vous y soustraire. »

Mathias voulut tout de même savoir ce qu'on leur voulait, mais les deux uniformes prirent des airs importants avant de reconnaître qu'ils n'en savaient rien du tout. Était-ce encore lié au drame qui les avait frappés ? Qu'y avait-il de si urgent ? Qui était cette juge ? Sous les yeux des deux hommes, il décacheta les enveloppes. Convocation sans appel. Pas la moindre explication. Pendant ce temps, le gendarme au crâne rasé faisait le tour de la maison, sans se presser, cherchant apparemment l'emplacement du brasier à peine éteint. Puis Raphaël survint.

« Tiens, voilà votre protégé, dit le gendarme sec et maigre. Matinal, lui aussi. Nous l'avons vu marcher dans le village. Quelle histoire mystérieuse, tout de même ! On a tellement parlé de cet accident, ces derniers temps. Vous étiez le premier sur les lieux ? Et cet homme qui a perdu la mémoire… Vous ne savez toujours pas d'où il sortait ? »

Raphaël, le teint plus pâle que d'habitude, ne les rejoignit pas. Saluant de loin, il regagna sa chambre. Mathias répéta que lui et sa femme se rendraient à la convocation, à l'heure dite, avec leur propre voiture. « Pas besoin d'escorte. On ne va pas se sauver. » Les deux pandores examinèrent encore un peu la maison, puis repartirent.

Nora se tenait au bord du cercle de cendre. Visage et mains noirs. Mathias lui saisit le bras. « Mais qu'est-ce que tu fabriques, tu ne vas pas brûler aussi ces carnets ? »

Elle tenait à bout de bras un de ses anciens carnets de croquis comme une volaille qu'on va égorger. Les feuilles de bon grammage pendaient comme des ailes. Elle les approcha de la flamme d'un briquet et quand le feu commença à bien dévorer les dessins qui s'abolissaient en de vaines contorsions, elle lança le carnet au milieu du cercle d'où montaient encore des fumerolles blanchâtres.

« Mais c'est absurde, Nora, tu ne peux pas faire ça ! Combien en as-tu détruit, déjà ?

— Qu'est-ce que ça peut te faire ? Ces carnets n'intéressent plus personne. L'important c'est de savoir effacer, gommer. Reprendre la toile de zéro. Une couche de blanc bien épaisse, et hop, fini, on peut passer à autre chose.

— Mais ce n'est pas un tableau, c'est ta vie, Nora.

— Justement, justement. Ma vie ? Vite, une gomme ! »

Par terre, dans l'herbe, deux piles de carnets de croquis étaient encore en attente. Nora les bouscula d'un coup de pied.

« Prends-en quelques-uns, toi, si ça te dit, je t'en fais cadeau. Moi, je ne veux plus les voir. »

Mathias s'empressa de soustraire au sacrifice les carnets. Nora ajouta :

« Il y a autre chose pour toi. Regarde là-bas. Je voulais te les offrir avant de partir.

— Tu pars quand ?

— Bientôt. Dans les jours qui viennent. Mais prends ça tout de suite, avant que je regrette de te les laisser. »

Mathias voulut voir. Contre le mur extérieur de l'atelier était appuyé un gros cylindre : cinq grandes toiles qui dataient d'au moins dix ou quinze ans avant, roulées les unes sur les autres.

Des œuvres qu'elle n'avait jamais autorisé Waldberg à emporter pour les vendre. Elle les avait méticuleusement dissociées de leurs châssis en arrachant une à une les agrafes. Un gros rouleau. Une torpille d'images explosives. Mathias avait le souffle coupé. Nora lui faisait ce présent ! Une vague d'ancienne tendresse submergea son cœur, menaçant de s'abolir en grosses larmes dans les yeux mais, au lieu de caresser la joue de Nora, comme il brûlait de le faire, au lieu de poser sur son front un maladroit baiser de remerciement, il lui tendit la convocation. À l'instant, cette femme était bien incapable de s'intéresser à ce que lui voulait une obscure juge de Nancey.

« Pas question ! » Elle jeta dans les cendres l'enveloppe qui ne prit pas feu tout de suite, faillit y ajouter le papier officiel qu'elle froissa rageusement. « Je n'irai pas, un point c'est tout », cria-t-elle à Mathias qui n'avait pas l'intention d'insister.

On les avait déjà tant de fois convoqués lors des investigations pendant l'enquête sur le meurtre qu'elle en avait par-dessus la tête des juges, des flics et de toutes ces salades officielles qui ne débouchaient sur rien. Pour l'heure, ils n'avaient fait aucun mal, pas assassiné, pas volé, pas trafiqué. Juste un grand feu, en plein été, en bordure de forêt, mais bon, on n'était pas en Corse, ni aux Açores, tout de même. Si la fumée s'était abattue sur les maisons de Ravel et sur le lac, ça ne relevait pas d'un juge !

« Je n'irai pas. »

6

Mathias gravit donc tout seul les marches du palais de justice de Nancey. Un temple en toc, avec fronton gravé de formules édifiantes et colonnes cannelées. Un hall au sol de marbre mal entretenu. Un beau tribunal, pour de beaux assassinats, des vols de haut vol, des viols et des voies de fait, des escroqueries raffinées, des meurtres, des détournements de fonds. Mathias trouva sans mal le bureau où il devait se présenter. Le juge Berger, ou plutôt Madame la juge. Sévère bergère chargée de l'« application des peines ». La pièce où elle se tenait ne cherchait pas à en imposer. Un genre de salle de classe envahie de dossiers. Partout des chemises cartonnées débordantes, cernant l'ordinateur, grimpant le long des murs, encombrant les chaises. La juge se leva pour dégager un siège. Jusqu'au dernier instant Mathias fut persuadé qu'elle allait encore lui parler de Nikos. De nouveaux soupçons peut-être ? Une piste tardive ? Il y avait peu de chances pour que ce fût en rapport avec l'amnésique Raphaël ou avec la défunte Feltrinelli, puisque Nora n'avait rien à voir avec cette affaire. Alors ?

La juge Berger était aimable et grave. Un corps rond, un visage rond, des lunettes rondes, mais, entre ses sourcils épais, le double « V » d'un froncement préoccupé. Elle se montra particulièrement contrariée que Mme Nora Krisakis n'ait « pas daigné » se rendre à sa convocation. Elle souligna qu'elle avait le pouvoir de la faire « amener », et en vint aux faits, non sans de multiples détours.

« Il est important que vous soyez là, docteur. Je vous connais de réputation et c'est ce qui m'a conduite à prendre une initiative peu courante. Mais c'est votre épouse la première concernée… »

Mathias lui demanda avec brusquerie d'en venir aux faits.

« Je vous en prie, docteur, c'est moi qui mène l'entretien ! Bon… Je ne m'occupe en principe que de condamnés à des peines lourdes. Mais une prévenue, jugée il y a quelques jours, est incarcérée pour des faits de vol avec effraction, trafic divers de stupéfiants, recel, et voies de fait sur les agents de la force publique qui l'interpellaient. Tout cela avec récidive. Elle a pris dix mois ferme. Ce qui est clément ! »

Mathias patientait.

« La jeune femme qui vient d'être jugée en flagrant délit était la compagne de votre beau-fils, Nikos Krisakis, au moment où il a été assassiné. J'ai consulté tout le dossier de cette pénible affaire. Toujours au point mort, d'ailleurs…

— Effectivement… Je savais que Nikos fréquentait à cette époque cette drôle de bande de squatters du bord du lac et qu'il avait une amie. Jeune comme lui. Mais je ne l'ai jamais rencontrée. Et alors ?

— Au moment de faire de la prison pour la première fois de sa vie, cette personne nous a avisés qu'elle était mère d'un enfant. Pas de famille. Pas de compagnon stable ou fiable. Une existence extrêmement précaire. L'enfant livré à lui-même. Ballotté au gré de fréquentations douteuses. Nous l'avons informée que, pendant la durée de la détention, l'enfant serait placé en foyer ou en famille d'accueil. La mère, qui dit n'avoir au monde que cet enfant, a crié qu'elle s'ouvrirait les veines. Elle s'était déjà montrée très violente lors de son arrestation.

— Et alors ?

— Elle parle peu. Plutôt butée. C'est alors qu'elle nous a expliqué que cet enfant, elle l'avait eu de votre fils ! Enfin, disons… du fils de Mme Krisakis… C'est pourquoi j'aurais souhaité la présence de votre femme. Chargée de cet aspect de l'affaire, découvrant que vous étiez également concerné, docteur, j'ai accepté de vous faire part à vous aussi de ce prétendu lien de parenté. C'est la prévenue qui, la première, a demandé, en désespoir de cause, qu'on vous confie l'enfant. Encore faut-il que vous acceptiez ! Mais un tel lien de parenté est quelque chose qui peut se prouver, si nécessaire… Si c'est le cas, j'accepte, en accord avec les Affaires sociales, d'effectuer les démarches vous permettant d'accueillir l'enfant en priorité. »

Mathias accusa le coup. Même si la délinquante était une menteuse rusée, Nora allait à coup sûr, puisqu'il s'agissait de Nikos, recevoir un choc. Un de plus.

La juge Berger observait Mathias. Elle était dotée d'une sensibilité bienveillante que sa fonction tenait rigoureusement en respect. Elle avait de l'estime pour le docteur Clamant, bien connu dans la région. C'est elle qui reprit la parole :

« Oui, il est très regrettable que votre épouse ne soit pas là, car j'ai fait venir aujourd'hui la prévenue de la maison d'arrêt. Pour une confrontation. Mais puisque vous êtes là… Elle se nomme Elsa Pietri. Elle a vingt-six ans. Elle va nous rejoindre dans la pièce voisine. »

Elle fit un signe à la greffière. Tout se précipitait. « J'ai décidé de vous laisser avoir une entrevue avec Mme Pietri. En tête à tête. C'est elle qui nous a parlé de vous, docteur, avant même que nous ne fassions le lien. Alors, allons-y.

— Mais l'enfant ? Je voudrais voir l'enfant, dit Mathias. Où est-il ?

— Plus tard, chaque chose en son temps. N'oubliez pas qu'il y a une heure vous n'aviez aucune idée de son existence. Pour l'instant, il est dans un centre d'accueil. En fonction de ce que votre femme aura décidé, vous pourrez aller le voir. Expliquez-lui bien qu'il faut qu'elle vienne, cette fois. »

Puis elle poussa une porte. Une salle de réunion lambrissée, une longue table entourée d'une douzaine de chaises. Une lumière grise à travers des vitres de verre dépoli. À l'autre extrémité, une autre porte s'ouvrit. Un policier en uniforme qui salue et, sur ses pas, non pas la femme suspecte que Mathias attendait, mais la silhouette d'une frêle jeune fille, mince, presque maigre, des cheveux d'un blond roux, une frange cachant ses yeux. Aussi grande que Mathias. Le blouson qu'elle portait sur les épaules tomba à terre. La fille portait un blue-jean très usé et un chemisier sans manches, mais ce que vit Mathias le troubla profondément : deux bras nus et blancs, fragiles, rassemblés devant son ventre comme par pudeur, mais dont les poignets minuscules étaient enserrés par d'énormes menottes. La disproportion entre ces articulations tellement fines et ces anneaux de métal reliés par une chaîne était inutilement cruelle.

Mathias fit un salut mais la jeune femme se contenta de hocher la tête, avançant sa lèvre inférieure pour souffler sur sa mèche. Un petit nez, des taches de rousseur, des yeux d'un brun doré. « Mais c'est une gamine », pensa Mathias. Si elle avait vingt-six ans, elle en paraissait dix-huit ! À cet instant, elle semblait calme, non pas résignée ou soumise, mais décidée à accepter ce qui lui arrivait.

La juge Berger fit les présentations, demanda au policier d'enlever les menottes pendant l'entretien. «Je vous laisse, je suis à côté. Vous avez une demi-heure.»

Face à face, Mathias Clamant et Elsa Pietri demeurèrent longtemps muets. La table de bois brillait entre eux comme une flaque. Sur le bras de la femme, un tatouage bleu-noir, la figure naïve d'une fée ou d'un elfe, d'un ange peut-être, dessin presque enfantin en dépit d'un érotisme de pacotille, nudité, cuisses trop longues. Comme si elle avait préparé sa réplique de longue date elle déclara à toute vitesse :

«Surtout ne me demandez pas pourquoi je ne suis jamais venue vous voir depuis… »

Sa voix était assez grave, ou plutôt rauque. Une voix de fumeuse.

«Je crois au contraire que vous avez très envie que je vous pose la question. Alors ? Pourquoi ?

— Vous m'auriez prise pour une menteuse, non ? Si j'étais venue, juste après la mort de Nikos, vous raconter que mon enfant était de lui, qu'est-ce que vous auriez dit ? Qu'est-ce que vous auriez pensé de moi ?

— Pas pire que ce que je pense de vous aujourd'hui. Mais à l'instant, je vous crois. Nous vous aurions sans doute crue aussi, il y a six ans, ou cinq, ou quand vous vouliez. Alors ?

— De toute façon, je voulais faire face toute seule. J'ai toujours fait comme ça. Nikos m'aimait pour ça. Toute seule ! On était pareils tous les deux. Aujourd'hui, c'est différent : ils m'ont serrée. Les autres fois ils m'avaient relâchée. La taule, c'est la première fois. Jamais je n'ai… »

Elle ne cessait de masser ses poignets rougis.

« Il paraît que vous avez pas mal joué avec le feu. Récidive, m'a dit la juge. Une enfilade de conneries ! Mais ça ne m'intéresse pas de savoir ce que vous avez bien pu faire. Nikos aussi, j'imagine, avait commis des… ? Vous devez savoir quelque chose. Pourquoi n'avez-vous pas parlé ?

— Laissez Nikos où il est ! Il est mort. Foutez-lui la paix !

— Écoutez, ce n'est pas vous qui allez me dire qui je dois laisser en paix ou pas. Je vous pose une question. Répondez ! On parlera de votre enfant après.

— À l'époque, ils m'ont interrogée tant et plus, comme bien d'autres. Je leur ai raconté que Nikos s'était mis dans de sales draps. Un jour, il a perdu de la marchandise qu'il transportait, ça je ne leur ai pas dit, c'est vrai… Il avait fait un voyage…

— Transport de drogue, je sais.

— Oui, et il y en avait pour beaucoup d'argent. Alors *ils* l'ont obligé à tout rembourser, et même beaucoup plus, sinon *ils* le… C'est comme ça qu'on a commencé.

— Des petits braquages ? Des vols dans des villas ? C'est ça ? Tous les deux ?

— Oui. Il fallait du fric et vite. Pourtant Nikos n'en a jamais réuni assez pour les rembourser. Il lui en manquait beaucoup, ils l'ont menacé de plus en plus et ils l'ont... Mais ça tout le monde le sait, la police, les juges, et vous aussi.

— Sauf qu'on n'a jamais réussi à les identifier, ces tueurs, ces types qui obligent des gosses comme vous à trafiquer.

— Ceux qui organisent, on ne les voit jamais. C'est compliqué.

— Et au départ, comment Nikos a-t-il été en contact avec ces gens-là ?

— Le hasard. Des rencontres qu'on fait dès qu'on vit plus ou moins en marge. Lui, il ne pensait qu'à la musique, vous le savez bien, et il ne voulait pas dépendre de vous, surtout de sa mère. Il a d'abord accepté de petits transports pour pouvoir s'acheter des instruments. Et puis, l'engrenage. Mais Nikos n'était pas fait pour ça. Il était fantaisiste, rêveur. C'est comme ça qu'il a perdu un gros paquet de marchandise, ou se l'est fait voler, je ne sais pas. Après, ça a été l'horreur.

— Écoutez, Elsa...

— Pas Elsa, *Marilou*. Elsa c'est sur ma carte d'identité. On m'appelle Marilou. Nikos m'appelait comme ça.

— Votre prénom de guerre ?

— Si vous voulez. Une sale guerre, en tout cas. J'en ai marre, marre, si vous saviez. Je n'ai jamais été en prison. Des dizaines de gardes à vue, oui, mais la prison, jamais. Le fait que j'aie un petit avec moi me protégeait un peu. Toujours des peines avec sursis. Mais là, non, non, je ne veux pas ! »

Mathias crut qu'elle allait courir vers la fenêtre, l'ouvrir et sauter. Mais elle baissa la tête et l'enfouit entre ses deux bras posés sur la table. Elle restait comme ça. Petite fille punie.

« J'ai peur. Vraiment peur. Mon gosse me manque. Je n'arrive pas à croire que je ne vais plus le voir, pendant... Les salauds ! Vous savez, docteur, je vous ai aperçu, à l'hôpital, le jour où j'ai accouché. Pour moi, ça s'est passé très vite, très facilement. Avec une sage-femme. Mais j'étais dans votre service, j'aurais pu vous parler, tout vous dire, c'est vrai, je savais qui vous étiez, Nikos me parlait beaucoup de vous. D'ailleurs tout le monde vous connaît. Je n'ai pas eu le courage, et après...

— Oui, il suffisait de vous manifester, de venir nous voir... Marilou.

— On n'est pas du même monde.

— Écoutez, ma petite, le monde, je l'ai vu sous pas mal de coutures et ce ne sont pas de petits Pieds Nickelés dans votre genre qui m'impressionnent. Même s'ils jouent avec la mort : celle des autres et la leur. Et s'ils se font manger par de plus gros poissons. Je ne vous juge pas, moi, sachez-le. Pas mon boulot ! Même chose pour la mère de Nikos. C'est une artiste. Une femme bien. Elle vous aurait accueillie, sans jugement, sans soupçon, c'est évident. »

Marilou releva lentement la tête. Pas une larme. Elle avança à nouveau la lèvre inférieure pour souffler vigoureusement sur la mèche et répéta « J'ai peur ». Et Mathias, malgré lui, ressentit brusquement quelque chose comme de l'indignation à l'idée que cette fille si mince, si pâle, avec ses grands bras et ses petits poignets allait dans quelques instants se trouver à nouveau enchaînée et conduite derrière des grilles. Penchée vers lui, elle respirait fort. Elle était à bout.

Pour un peu, il lui aurait crié « Allez, viens, je t'emmène… ». La prenant par le bras, il l'aurait guidée vers la sortie, « Allez, en route… », au flan, au culot, on ne sait jamais, se sauver tous les deux, afin de reparler de tout ça ailleurs, calmement, afin de comprendre ce que cette jeune femme, avec sa trouille de petite fille, avait à dire, « Partons, partons d'ici, et allons nous occuper de l'enfant… ». Rêverie fulgurante, pur fantasme. D'une voix sourde, il se contenta de demander :

« Votre fils, il a donc maintenant six ans ? Nous irons le voir, et nous nous en occuperons, Nora et moi. Ne vous en faites pas. Comment s'appelle-t-il ?

— Nikos. »

Au moment où Elsa articula « Nikos », Mathias fut profondément troublé. Du fond d'une nuit ancienne, une voix apeurée lui criait « Mat ! Viens ! J'ai des ennuis… Viens me chercher ! ». Il parvint à se reprendre. Il fallait partir chercher cet enfant de toute urgence. D'abord tout expliquer à Nora, et puis aller trouver ce petit. Il éprouvait aussi des sentiments confus pour la prisonnière. Mélange de colère et de gratitude. Comme si elle avait avec lui une parenté lointaine. « Pas du même monde ? » À voir !

Quand la juge Berger réapparut, le policier s'avança avec les menottes. Mathias avait encore cent questions à poser, les plus importantes. Au moment le plus inattendu, il replongeait dans l'ambiance effroyable de meurtre et de mystère qu'il avait connue six ans plus tôt. À l'époque, Mathias était allé plusieurs fois rôder dans les squats et les zones où il pensait que Nikos passait beaucoup de temps entre dix-huit et vingt ans. Ceux qui avaient vaguement connu Nikos se méfiaient de lui, tous ces semi-clochards ou routards sans âge accompagnés de chiens pelés, artistes se livrant à d'étranges performances dans des entrepôts à l'abandon, musiciens répétant sans fin dans de vieilles granges, voyous flottant en eaux troubles. On le prenait pour un flic, ou un type bizarre qu'il valait mieux éviter. Il n'avait jamais pu comprendre comment le Nikos qu'il connaissait et estimait avait pu barboter dans cette fange.

La juge fit signe au policier d'attendre encore un peu alors que la jeune femme tendait déjà ses poignets serrés l'un contre l'autre.

« Madame Pietri ! Demain, si le docteur Clamant et Mme Krisakis y sont disposés, ils iront voir votre fils aux Lilas, le centre où il a été provisoirement recueilli. Non, vous ne serez pas là, et cela vaut mieux. Si vous avez encore quelque chose à ajouter au sujet du petit, c'est le moment.

— Qu'est-ce que vous voulez que je dise ? Si, une chose : depuis que j'ai été arrêtée, la seule fois qu'on m'a laissée lui parler, je lui ai dit que, peut-être, des gens très gentils s'occuperaient de lui. Je lui ai promis que je ne serais pas absente très longtemps et qu'ensuite on serait à nouveau ensemble.

— C'est tout, madame Pietri ? »

La prévenue s'éclipsa aussi vite qu'elle était apparue.

Mathias recueillit auprès de la juge d'autres informations. En tenant compte des remises de peine pour bonne conduite, et des abattements légaux du temps d'incarcération, Elsa Pietri, condamnée à dix mois ferme, passerait moins de six mois sous les verrous.

« Nous sommes fin septembre. Donc… mars. »

C'était le premier jour de l'automne. L'atmosphère de crise et de désarroi était générale en France et en Europe, mais un peu comme une toile de fond déchirée, effilochée, l'arrière-pays d'un tableau. Au premier plan, sous une pluie de mauvaises nouvelles sociales et économiques, tout continuait comme si de rien n'était. Les juges jugeaient. Les voleurs volaient. Banquiers comme vulgaires voyous. Ceux qui avaient encore du travail le faisaient avec morosité, attendant qu'on leur annonce qu'on n'avait plus besoin d'eux. Des enfants naissaient. Des avions passaient dans le ciel. Des bateaux sur les eaux. Le matin une brume blanche et épaisse se formait à la surface du lac de Nancey, puis cette vapeur s'élevait lentement dans le bleu.

7

Bien sûr, j'ai été contrarié quand j'ai vu que le docteur se rendait seul chez la juge. Je n'avais pas prévu que Nora se déroberait de façon si catégorique. Un grain de sable dans la mécanique de mon plan. Pendant que Clamant faisait la connaissance de Marilou, j'ai décidé d'aller marcher sur les rives du lac. J'avais le temps. Histoire de me concentrer en déambulant. À peine avais-je commencé ma promenade, descendant la rue principale de Ravel, que j'ai entendu une femme qui m'appelait et courait pour me rejoindre. C'était Nora !

« Je peux faire un tour avec vous ? Je n'en peux plus de tourner en rond. La maison est vide. L'atelier est vide. Tous ceux qui m'entouraient ont péri par le feu, vous avez vu ?

— Oui, paix à leurs cendres, ai-je répondu. Venez si ça vous chante… Je vous préviens que je marche vite.

— Moi aussi. D'habitude je ne descends pas sur les berges. Je ne l'ai jamais aimé, ce lac. Mais à l'instant ça m'est égal. »

Nora ne m'a pas dit un mot du rendez-vous chez la

juge auquel elle s'était dérobée, mais je voyais bien que quelque chose la tracassait. Elle m'a déclaré :

« Ce que ça doit être reposant d'être comme vous. Je veux parler de cette perte de la mémoire. Oh ! excusez-moi, je vous l'ai déjà dit…

— Pas de toute mémoire, seulement des souvenirs les plus personnels. Je sais beaucoup de choses. Mais vous avez raison : je n'en souffre pas. C'est très doux, au contraire.

— Les souvenirs personnels, ce sont les pires ! Ce qui vous est arrivé. Ce que vous avez fait et… pas fait. La vieille souffrance. À l'époque où je peignais, je les tenais en respect à force de peindre. C'était la mémoire qui me faisait peindre. J'avais même l'impression que ce qui me revenait chaque nuit, chaque jour, n'appartenait pas seulement à ma vie mais à celle d'êtres humains ayant vécu avant moi et auxquels j'étais reliée. Jusqu'aux premiers Grecs — pourquoi pas ? —, aux premiers dieux, aux puissances des origines. Aujourd'hui, c'est la mémoire qui m'empêche de peindre.

— Vous n'avez plus la peinture, ni les îles, mais vous avez la forêt…

— Non, ça aussi c'est fini. Pendant six ans, j'ai eu la forêt. Un endroit d'où on ne voit pas le ciel. Mais elle ne m'abrite plus. Elle m'a recrachée. Si vous saviez… »

Et, soudain exaltée, la voilà qui me confie qu'elle aurait voulu que les racines s'allongent comme des serpents géants, des bêtes primitives copulant sans cesse, se multipliant à grande vitesse, se grimpant les unes sur les autres, et que la végétation commence à descendre les pentes de la montagne, à engloutir les villages, à crever l'asphalte des routes sur lesquelles des phallus aux glands sanglants pousseraient comme des fleurs, les branches crevant les fenêtres comme on crève des yeux et allant fouir à l'intérieur des maisons. Alors, à la fin, il ne serait resté que des arbres jusqu'aux rives du lac, lui-même plein d'algues, de vase, de plantes aquatiques.

« Moi, je voudrais avancer avec la forêt. Tout détruire », dit-elle.

Je devais être sur mes gardes. En ma présence, Nora Krisakis s'abandonnait de façon excessive. Elle sentait en moi quelque chose qui l'intriguait.

« Pourquoi cela m'est-il si facile de vous dire, à vous, que je suis malheureuse ? Je ne dis jamais ça. Pourquoi est-ce que vous me donnez envie de pleurer ? Je ne pleure jamais : je crie ! Qui êtes-vous ? Qui êtes-vous à la fin ? »

J'ai compris qu'elle risquait d'aller trop loin. Elle me retenait par le bras, me saisissait la main. Si je la laissais faire, la mécanique miraculeuse que j'avais déclenchée pour elle risquait de se gripper. J'ai allongé le pas et nous nous sommes tus. Nous avons rejoint le sentier qui longe la rive, tantôt surplombant l'eau, tantôt passant à travers des roseaux.

J'avais adopté un air sévère, comme si je ne faisais que tolérer sa présence à mes côtés. Nous sommes parvenus à un petit ponton de bois, fait de planches grossières et de pilotis gluants au bout duquel se tenait un couple âgé. L'homme, assis sur un pliant, tenait une canne à pêche dont le fil plongeait mollement dans l'eau. Le menton contre la poitrine, il paraissait dormir. La femme aux cheveux blancs, assise près de lui, tricotait. Deux fantômes silencieux. Entre eux, une glacière, du matériel de pêche et un petit brasero de fonte éteint.

Nora s'est arrêtée pour les regarder avec une insistance presque gênante, comme si elle les reconnaissait. La vieille tricoteuse a tourné la tête, ses aiguilles en suspens dans l'air humide. Trop fort, eu égard au silence de l'endroit, elle a dit :

« Mon mari n'attrape jamais rien, mais nous venons tout de même là chaque jour. Les autres pêcheurs font une bonne pêche, mais lui, c'est comme si les poissons se doutaient de sa présence, ils n'approchent pas de notre ponton. Tant pis, tant pis… Comme ça, au moins, nous passons le temps et… le temps passe. »

Nora était fascinée par ce couple irréel. Pour moi, c'était un genre de miracle facile.

« Il va bien finir par en ferrer un, ai-je dit. Une question de patience. Tout arrive… »

L'homme a relevé la tête, a haussé tristement les épaules tout en redressant sa canne. Je n'ai émis que deux petits hoquets. Et hop ! Dans l'onde transparente un omble-chevalier approchait déjà, ondulant fuseau lisse et argenté. Un gros poisson, comme on dit. Dix livres, soixante-dix centimètres. Comme rêvent d'en prendre, un jour, tous les pêcheurs du bord du lac. Ah ! j'avais bien fait les choses. Satisfait, j'ai invité Nora à poursuivre la promenade. Mais elle manifestait de plus en plus d'impatience et nous n'avons pas tardé à rebrousser chemin.

Quand nous sommes repassés à proximité du ponton, l'homme et la femme étaient debout, très agités. Ils nous ont appelés pour nous faire admirer le poisson magnifique que l'homme venait de ferrer. Gris, avec des mouchetures blanches et des nageoires roses.

« Un omble-chevalier, ai-je dit, à n'en pas douter. Magnifique ! Bravo ! »

L'homme, habitué à être bredouille, était transfiguré.

Il activait les flammes du brasero tandis que sa femme vidait le poisson pour le faire cuire. Chaque jour, ils apportaient avec eux tout ce qui est nécessaire pour assaisonner un poisson. Assiettes et couverts pour le manger. Nous avons décliné leur invitation. Ils n'ont pas insisté, trop pressés de se régaler tous les deux. Bénédiction. Jour de fête. La vieille dame ne regardait plus son vieux pêcheur de la même façon.

Nora continuait à chercher qui ils étaient. Des êtres sortis de son passé ? Je voyais bien que la présence de ces gens la troublait. Sur les planches, au milieu d'une feuille de papier journal, restaient les branchies et les entrailles sanguinolentes du bel omble. Je me suis baissé, j'ai ramassé le cœur que j'ai tenu un moment au-dessus des braises rougeoyantes puis je l'ai lâché et il s'est mis à griller en grésillant. L'homme et la femme ne s'occupaient plus de nous.

« Voyez, ai-je dit à Nora, cette épaisse fumée du cœur qui se consume. Respirez-la. Voyez comme elle monte lentement. Respirez encore… » Puis j'ai fait semblant de plaisanter et j'ai dit : « On raconte qu'une telle fumée chasse les démons. Quand on a sur soi cette odeur, les démons ne s'approchent plus. Le mal s'éloigne. »

Nora s'est contentée de sourire. Déjà, elle prenait le chemin de la maison.

Lorsque nous sommes arrivés, Mathias était là. Debout. Visiblement impatient. Il m'a jeté un drôle de regard, mais il n'avait qu'une hâte : se trouver seul avec Nora.

« J'ai quelque chose à t'annoncer. »

Alors je me suis retiré dans ma chambre, au milieu des livres en désordre, et j'ai attendu la suite.

8

Deux êtres venaient d'entrer par effraction dans la vie de Mathias : un enfant inimaginable et une jeune mère. Il lui restait à tout raconter à Nora puis à la convaincre d'aller dès le lendemain découvrir ce « second Nikos » en chair et en os. Pour accentuer l'absurdité de ce qui lui arrivait, le portable de Mathias avait sonné au moment où il quittait la juge Berger. À la suite de ses démarches, on lui proposait de partir sans délai, soit en Jordanie, soit au Sahel. Un de ses collègues, qui s'était occupé de tout, s'étonna. « Comment ça *non* ? Tu refuses ? Mais je croyais que tu voulais te sauver, et tout de suite. J'ai fait ce que j'ai pu. Comme ça ne va pas s'arranger avec les réfugiés syriens, il y a de quoi faire. En Jordanie, au nord d'Amman, ils sont déjà trente-six mille. Et au Mali, c'est une autre variété de réfugiés qui descendent du nord, dans des conditions d'hygiène épouvantables. Enfin, c'est toi qui vois… »

Incapable de parler de ça, Mathias avait bredouillé de vagues excuses et raccroché. Il ne pensait qu'à Nora, à qui l'humour du sort offrait un petit-fils. C'était comique. C'était à pleurer.

La magistrate lui avait donné d'autres informations à propos de la délinquante. Fille née en France, d'un père italien, directeur d'un grand cirque, et d'une mère française et femme d'affaires, elle avait passé sa petite enfance entre les cages des tigres, les caisses magiques des prestidigitateurs, les jongleurs aux habits dorés et les clowns se maquillant tristement devant des miroirs. Dès huit ou dix ans, elle avait été confiée à des pensions réputées, en Suisse, dans des paysages magnifiques pleins d'air pur, toujours pour son bien, pour ne pas qu'elle souffre de la vie perpétuellement nomade de son père et des absences de sa mère, et qu'elle apprenne des choses plus sérieuses que les arts de la piste. Mais dès le premier internat, elle avait commencé à fuguer. Toujours reprise, toujours soumise à l'austère et ferme discipline suisse, ne voyant que rarement une mère qui la promenait de grands hôtels en villes de cures, et presque jamais son père. À quinze ans, premières fugues réussies et, bien vite, passage clandestin en France et début d'une longue dérive, pleine de rencontres et fréquentations douteuses, qui l'avait amenée près du lac de Nancey.

Revenu à Ravel, Mathias constata que ni sa femme, ni son hôte n'étaient là. Il les vit bientôt tourner le coin de l'allée, côte à côte, pensifs. Mathias remarqua tout de suite le visage presque apaisé de Nora, une expression contrastant avec son agitation anxieuse des jours précédents. Comme si elle était déjà ailleurs. Il remarqua aussi que Raphaël, un drôle de sourire aux lèvres, s'empressait de les laisser seuls. Il entraîna Nora avec délicatesse. À sa grande surprise, elle ne résista pas. À l'angle ouest de la terrasse, entre les plantes en pots dont certaines avaient crevé, il y avait un petit espace où il la fit asseoir. Dans ce coin, on ne voyait ni la montagne, ni le lac, mais seulement le ciel.

Nora attendait. Elle semblait prête à accueillir n'importe quelle information avec un calme nouveau.

« Tu m'as laissé aller seul aux infos. Ce que j'ai appris ? L'existence d'une jeune femme qui, les dernières années, aurait vécu avec Nikos.

— Vécu, c'est-à-dire couché. Sa maîtresse ?

— Si Nikos avait vécu, il aurait été le père d'un petit garçon, voilà la deuxième chose que j'ai apprise. »

Comme soumise à tout ce qu'on pouvait lui raconter, passagèrement attendrie et rêveuse, Nora murmura : « Je sais qu'il aurait été un bon père. Trop jeune, mais fantaisiste, drôle. Un bon père… Et tu as vu cette femme ?

— Oui.

— Et tu as vu cet enfant ?

— Pas encore. Pas sans toi. »

Puis, redevenant brutale, presque hargneuse, Nora demanda : « Elle, c'est une folle, non ? Une foutue menteuse ! Elle voudrait qu'on gobe ça ?

— J'ai cru tout ce qu'elle m'a dit. Oui, tout avalé. Sache que le petit s'appelle Nikos. Il a six ans évidemment.

— Et je devrais admettre, moi aussi, que c'est vrai ?

— Tu verras bien, Nora, tu verras bien. Écoute-moi... »

Mathias tint à donner encore des détails : les actes délictueux, la prison pour la jeune femme, cette vie constamment en marge, et cette demande qui leur était faite d'accueillir, du jour au lendemain, un petit garçon délaissé. Nora furieuse.

« Nikos m'a tout caché ! Tout ce qu'il faisait ! Mais pourquoi ? Pourquoi ? Quand il venait me voir, toujours en coup de vent, avec ses airs mystérieux... Et cette mythomane, c'est maintenant qu'elle me recherche ?

— Nikos avait aussi l'air traqué, Nora, souviens-toi, même si nous ne voulions pas nous en apercevoir...

— Mais qui le traquait ? Quels salauds ? Quels assassins ? Quand il venait me voir, il ne me parlait de rien. Je n'étais plus rien pour lui. Silence, silence et encore silence. Et depuis, sous le tilleul, je ne reconnais même pas sa voix. Tous les morts veulent me parler, mais pas lui. Pas lui. À sa propre mère. Qu'est-ce qu'il a ? Peur ? Honte ? Ou quoi ?

— Écoute, demain nous irons voir l'enfant. »

*

Le centre d'accueil était situé à flanc de coteau, sur la rive opposée du lac de Nancey. Un ancien édifice entouré de murs de pierres, qui avait durant des siècles abrité un ordre monastique qui y distillait un antique élixir. On y avait ajouté deux ailes modernes avec des salles aux baies vitrées ouvrant de plain-pied sur un étroit jardin avec un affreux toboggan de plastique rouge et deux balançoires. Un lieu d'attente, ni sinistre ni gai, où passent les enfants soustraits à leur famille, des gosses abandonnés, perdus, battus, nés de pères inconnus, de géniteurs défaillants ou disparus, et de mères incapables de faire face au déferlement de la misère, mais surtout en proie à l'immense fatigue d'être mère quand tout va mal, quand tout fout le camp.

Les premières feuilles mortes planaient très doucement au-dessus du toboggan. Les balançoires oscillaient dans le vent qui soufflait depuis le milieu de la nuit. Nora et Mathias ne s'étaient pas dit un mot depuis leur départ de la maison. Raphaël leur avait fait un signe étrange au moment où la voiture démarrait, les mains écartées et ouvertes, la tête un peu inclinée, les sourcils en accent circonflexe, les yeux au ciel.

« Qu'est-ce qui lui prend ? » avait grommelé Mathias entre ses dents.

La juge avait prévenu l'administration de leur venue. Si Mme Krisakis et le docteur Clamant refusaient de se charger du garçonnet, d'autres familles étaient déjà pressenties. Claquements simultanés de portières. Pluie de feuilles mortes. Cette fois, on sentait l'automne pour la première fois.

« Je présume que vous êtes…

— Oui », répondit Mathias déjà tendu.

La dame qui les accueillait les conduisit aussitôt dans la « salle d'activités » où l'enfant se trouvait actuellement. En fait d'activités, tout semblait figé. Les Lilas n'était pas un de ces lieux enfantins d'où, lorsqu'on passe à proximité, monte une rumeur joyeuse. Dans la salle qui donnait sur le jardin aux balançoires, pas plus de quatre ou cinq enfants sous la garde de deux blouses beiges aimables et lasses. Les petits jouaient avec une expression craintive.

Soudain, plus question de douter, de faire machine arrière. Au premier coup d'œil, Mathias avait vu. Tout compris. Sous le choc, il choisit de rester en arrière, laissant Nora s'approcher. Bien droite, les lèvres entrouvertes, mais muette. Car le petit garçon aux cheveux noirs et frisés, le plus grand, le seul à la peau blanche, qui se tenait devant la table basse aux grandes feuilles de papier, ne ressemblait pas vaguement à leur Nikos, IL ÉTAIT Nikos au même âge ! Son sosie ! Son double ! Petit spectre revenant à travers les brumes de six longues années. L'enfant, trait pour trait, était celui que Nora avait triomphalement présenté à Mathias, vingt ans auparavant. Quand Nora fut tout près, les gosses, ne sachant pas trop ce qui allait leur arriver, reculèrent. Mais pas l'enfant aux cheveux noirs, calme et attentif, qui écartait un peu les mains aux doigts tachés de peinture bleue.

Sans cesser de fixer l'enfant, et comme par mimétisme, Nora écartait les bras elle aussi. Un geste très lent, de capitulation mais aussi d'accueil. Entre eux, il y avait cette petite table. Elle s'agenouilla, demeura un long moment sans bouger. De façon très naturelle, elle saisit une grande feuille de papier à dessin sur la table basse, et trempa tous ses doigts et sa paume dans le pot de peinture. Assise sur ses talons, elle entreprit d'appliquer de la couleur sur le rectangle blanc, tout en tournant, frottant, esquissant une vague forme avec ses doigts, élargissant la tache, réservant des vides, traçant des traits qui évoquaient des pattes ou des griffes.

Les adultes au-dessus d'elle, les enfants face à elle, nul n'osait broncher.

« Regarde ses grands yeux ! » furent ses premières paroles. Car soudain surgissait une bête, un gros animal bleu avec une gueule béante, cachalot, grizzli, mammouth, alligator, difficile à dire, avec des crocs, des langues, des poils, et des yeux démesurément agrandis par la faim ou la fureur. Et bientôt, un ventre, une panse énorme, une caverne. D'un mouvement de tête, Nora invita le gosse à joindre ses mains aux siennes et à touiller comme elle dans la couleur afin de donner vie à cette créature naissante, à la faire grossir encore et à l'alimenter.

« J'ai bien l'impression, dit Nora, que s'il ouvre

sa bouche comme ça, celui-là, c'est pour dévorer des enfants.

— Il est méchant ?

— Pas méchant ! Terrible ! Horrible ! Regarde, là : je dessine un, deux, trois bébés tout petits. Aaaaammm ! Mangés tout crus. Lui, il va grossir encore. Allez ! Gonfle-lui le ventre. »

Le petit garçon se mit au travail. Au fur et à mesure que Nora nourrissait la bête, lui se chargeait d'augmenter le volume de son ventre, levant la tête vers Nora pour savoir s'il faisait bien. Il était audacieux, appliqué et on sentait que les inconnus ne l'effrayaient pas.

« Tu sais comment il s'appelle ? lui demanda-t-elle. Non ? Il s'appelle Kronos. C'est un Titan. Fais-lui des sourcils noirs. C'est une histoire d'il y a très longtemps. Quand sa femme mettait des enfants au monde, Kronos les lui prenait et les avalait.

— Et après ?

— Il les gardait tout chauds, tout vivants dans son ventre d'où ils ne devaient plus sortir.

— Jamais ?

— Attends, tu vas voir… »

Peu à peu, tous les enfants s'approchaient de Nora. Nikos, puisqu'il se prénommait ainsi, proposa :

« Alors on dessine aussi sa femme ?

— Regarde, la voilà, elle apparaît, et là un bébé naît, tout petit, tout rouge, mais le Titan a faim ! Vas-y, toi, dessine d'autres bébés. Il a faim, le monstre ! »

Nora saisit alors le poignet de l'enfant, l'incitant à tracer dans la matière visqueuse des formes que son récit accompagnait.

Mathias la regardait faire. Personne n'osait briser le charme, faire cesser ce très modeste enchantement matinal. Une histoire se racontait toute seule. Tout le monde écoutait, regardait, dans quelque « trou du Temps » dont nul ne savait s'il durait depuis une heure, dix minutes ou une année. Quelle importance ! L'instant est extensible. Illimité et condensé. Vaste et fulgurant.

« Et alors ? demandèrent les enfants. Et après ? »

Toutes les mains se mêlaient et se bousculaient pour travailler à la fresque.

« Un jour, il y a un nouveau bébé qui vient de naître mais, au lieu de le donner au Titan, sa maman le cache. Dans des langes, elle emmaillote une pierre de la taille de son bébé et le Titan avale cette pierre.

— Moi, je fais le petit qui se cache, dit alors Nikos, mais où ?

— Trouve-lui une cachette : dans la montagne, dans la forêt, c'est le mieux. Dessine des arbres.

— Alors, il est sauvé ?

— Oui, sauvé », dit Nora.

Se décidant à se présenter à son tour, Mathias posa ses mains sur les épaules de l'enfant et lui expliqua qu'il avait rencontré sa maman, « pas plus tard qu'hier », qu'elle pensait à lui, qu'elle l'embrassait, qu'elle avait proposé que « la dame qui dessine » et lui-même le prennent dans leur maison, de l'autre côté du lac.

« Jusqu'à ce que ta maman revienne.

— Je sais », avait répondu le gosse du tac au tac. Ajoutant, avec un air préoccupé, que là où sa mère était, c'était en prison, parce qu'elle avait fait une petite bêtise, parce que tout le monde en fait, des bêtises, même les grands. Puis il déclara enfin que « oui », lui, « oui » il voulait bien partir avec eux.

« Je sais aussi qu'elle s'appelle Nora. Et toi, tu es Mathias. C'est ma mère qui m'a dit vos noms. Elle vous connaît d'avant…

— D'avant quoi ?

— Je sais pas, moi ! Alors, on y va ? »

9

Assise à l'avant de la voiture, Nora brûlait de se retourner, histoire de vérifier qu'il y avait bien, derrière elle, un bonhomme de six ans, récupéré quelque part aux enfers. Mais elle craignait qu'il ne s'évapore, ne reparte dans les limbes. Alors elle écoutait ses reniflements de gosse enrhumé. Pendant ce temps, le petit Nikos repérait la route, observait le paysage. Ils croisèrent un chemin défoncé qui se faufilait à travers broussailles et roseaux jusqu'au lac.

« Tu as habité par là, avec ta maman ? Il y a une grande maison avec plein de gens, près de la rive, pas vrai ? demanda Mathias qui, dans le rétroviseur, avait remarqué que l'enfant tournait la tête.

— Oui, mais on a habité à d'autres endroits aussi, on est allés loin, on a pris des trains. Les gens ne parlaient même pas français. Mais cette maison, ici, elle était bien… »

Mathias se dit que dans les jours à venir ils auraient tout le temps de parler avec l'enfant, de tracer des lignes, joindre des points, tisser si possible des liens ténus, révéler, sans trop de brusquerie, ce qui s'était passé. Mais après tout, fallait-il absolument remonter en arrière, évoquer ce qui était enfoui ? En réalité, il ne s'agissait que d'accueillir un petit pour un séjour provisoire. Six mois maximum… Nora l'avait-elle bien compris ? L'accepterait-elle ?

À la maison, Nora s'employa à installer Nikos, à le faire manger et lui présenter les lieux. Cela semblait si facile, si naturel, presque inquiétant. Mathias en était gêné, comme si quelque chose clochait. Grincement, crissement de grain de sable dans les rouages de toute cette aventure. Nora se comportait avec l'enfant comme s'il avait toujours habité là. Clémence, qui n'avait pas connu le premier Nikos aussi jeune, s'extasiait pourtant sur la ressemblance avec le jeune homme mort, et avec Nora. « C'est pas possible… Pas possible. » Difficile de lui expliquer toute l'affaire. Mais elle était toute chamboulée. Le gosse, attablé dans la cuisine, l'effrayait autant qu'il la fascinait.

« D'où il nous vient, celui-là ? C'est la Providence… Un bel enfant comme ça dans la maison. »

Elle s'était dépêchée d'aller ouvrir les volets, de remettre des rideaux, de tout installer et aménager dans la chambre blanche, fermée à clef depuis longtemps.

« Tu vas être bien. Plein de soleil le matin, tu vas voir. »

Mathias se tenait à distance de tout ce remue-ménage, évitant de croiser le regard de Nora. Depuis l'arrivée de l'enfant, ils ne s'étaient presque rien dit. Durant cette période indécise, puisqu'il ne partait pas tout de suite à l'autre bout du monde, ne sachant pas comment les choses allaient tourner, il avait décidé de réduire considérablement son service à l'hôpital. Faute de s'étourdir ailleurs, il lui fallait disposer ici de pas mal de temps libre. Mais il éprouvait le besoin de parler. Pourquoi pas à Raphaël? Il s'installa près du petit appartement sous la terrasse, dans un silence de gravier et de clarté grise.

Il l'aperçut sur le pas de la porte de sa chambre, obstruant l'ouverture de toute sa taille, l'index glissé entre les pages d'un livre qu'il tenait le long de sa cuisse. Mathias se crut obligé de résumer l'histoire toute récente, et donc la rencontre avec Elsa et l'accueil d'un nouveau Nikos. Tout en racontant, il avait l'impression d'être un idiot proférant des banalités sur les étoiles à un astronome chevronné. Raphaël l'écoutait pourtant attentivement.

« Je vais aller le voir ce petit, j'aimerais bien le connaître.

— Vous, rien de neuf? demanda Mathias. Aucun souvenir?

— Rien! Toutes les vies sauf la mienne, si vous voulez, plaisanta Raphaël. Merci pour la chambre, merci pour tous ces livres, mais ça ne peut pas durer comme ça. Tout ce temps passé à lire, et moi je suis un vide, une tache blanche, personne. C'est très doux, si vous saviez. Je passe chez vous des heures divines... Mais je ne vais plus vous encombrer bien longtemps.

— Vous lisiez ?

— Aristote, le *Traité du ciel*, oui, j'ai trouvé ça dans vos bouquins, traduit du grec en 1939, c'était bien le moment...

— J'ai lu pas mal de philosophie, à une époque.

— Vous savez que ce type-là, Aristote, a contribué à ne pas arranger les choses. Vous vous souvenez de ce qu'il a le culot de nous dire ? Qu'il n'y a pas deux ciels, celui qu'on a au-dessus de la tête, avec ses nuages, ses astres, et l'autre, le ciel purement intelligible et divin. Il prétend qu'il n'existe qu'"un seul et unique ciel". Vous vous rendez compte ? C'est la porte ouverte à la plus fatale des confusions. En somme, selon lui, tout serait sous nos yeux : le ciel des dieux et des prodiges serait équivalent au ciel des étoiles, des cumulonimbus et des aéronefs. Comme si les deux ciels communiquaient. Ah ! présomptueux philosophe ! Audacieux mortel ! S'il avait raison les dieux n'auraient plus qu'à bouder, à se recroqueviller, à devenir des sortes de météores supérieurs ! Et Dieu ? Très nu, très triste ! Que dis-je ? Mesurable, donc misérable... Enfin, passons... Je vais aller voir votre bel enfant. »

En présence de ces drôles d'adultes dont il faisait connaissance, le « bel enfant » était étonnamment à l'aise. Peu avare de questions, il par-

lait volontiers de sa mère qu'il appelait tantôt
« maman », comme un petit, tantôt « Marilou »,
comme un copain. Il ne semblait ni heureux, ni
malheureux. En tout cas, il ne se plaignait pas.

À Raphaël, venu le voir, il tint à répéter que
« tout le monde fait des bêtises » et à présenter
l'emprisonnement comme un incident regrettable mais inévitable.

« De toute façon, ils ne vont pas la garder longtemps. »

D'après ce qu'il racontait, il avait déjà, à six
ans, un parcours assez accidenté entre les crèches
sauvages et l'école maternelle où il n'était allé
que de façon épisodique, sa mère l'emmenant
avec elle en vadrouille et oubliant parfois de
l'envoyer en classe. Il avait un regard étonnant,
presque gênant, tant il fixait ce qui l'entourait
avec attention, curiosité, soucieux de se repérer
dans l'espace, de connaître le nom des lieux
comme des objets. Parfois, on aurait dit qu'il som-
brait dans une mélancolie, ou une méditation
peu compatible avec son âge. Museau chiffonné,
l'œil vague. Ce qui ne l'empêchait pas, cinq
minutes plus tard, de jouer avec ardeur.
L'enfance est ainsi faite. Elle glisse, elle passe
d'une émotion à l'émotion contraire. Sa tristesse
n'a pas encore de trop profondes racines. Si vous
amenez au bord de la mer un gosse battu ou un
orphelin malheureux, vous le verrez soudain sauter dans les vagues, jouer dans l'écume, rire de
bon cœur, sans plus se soucier de ce qui l'accablait et l'accablera encore.

Nora ne quittait plus son petit hôte. Elle le couvait du regard. Elle épiait ses réactions. Mais elle ne parlait plus du tout d'Elsa Pietri qu'elle savait derrière les barreaux, comme si l'incarcération l'avait gommée, enfoncée dans l'oubli. Chaque jour, elle proposait à l'enfant, qui pourtant jouait volontiers tout seul, tantôt une nouvelle occupation ou une promenade, tantôt un récit. Mathias aurait pu être attendri par un tel spectacle mais il sentait au contraire monter en lui une inquiétude sourde et tenace, une inquiétude qu'augmentait encore l'impossibilité de rappeler à Nora que tout cela, un jour pas si lointain, aurait forcément une fin.

Transfigurée, Nora s'occupait de l'enfant comme si elle ne l'avait jamais quitté depuis le jour de sa naissance... Un petit, soustrait à l'effroyable Kronos, remplacé par une pierre, et conduit jusqu'à un abri sûr à la lisière de la forêt. Elle lui prenait la main, l'enfant se laissait faire, et tous deux tournaient les talons, comme des comploteurs, des complices. De loin, on les entendait rire. Mathias se répétait qu'il n'y avait rien que de très banal dans ce qui arrivait. Il aurait voulu cesser d'être sur ses gardes mais il persistait à pressentir un je-ne-sais-quoi de bizarre, à humer un parfum de mystère. Et il n'aimait pas ça du tout. Il avait en horreur toute la pacotille surnaturelle. Il aimait comprendre, pouvoir expliquer. Et voilà qu'il devait évoluer entre un inconnu amnésique, une épouse imprévisible et un enfant tombé du ciel.

Et pourtant… Lorsque Nora disait à Nikos « Allez, viens, on y va… », cela sonnait finalement plutôt juste. Alors ? Pourquoi ne pas admettre, simplement, qu'un peu de miraculeux avait fait irruption dans leur vie, ébranlant leurs décisions respectives de partir ?

Dans l'atelier vide, définitivement débarrassé des créatures, il restait encore quelques toiles vierges mais surtout une importante réserve de feuilles blanches, des rouleaux de papier kraft, des boîtes de couleurs, de pastels, de craies grasses et de vieux carnets jamais utilisés. « Prends ce qui te plaît. Dessine ce que tu veux », recommandait l'ancienne maîtresse des lieux. Nikos ne se le faisait pas dire deux fois. Il déroulait plusieurs mètres de papier kraft, s'installait à plat ventre, tirait la langue, fronçait les sourcils et traçait une interminable ligne qui bifurquait, virait à angle droit, se dédoublait. Nora l'aidait à déployer le rouleau qui traversait la grande salle en diagonale.

« Qu'est-ce que tu fais, Nikos ? Ah ! mais oui, c'est un labyrinthe ! Alors tourne, vas-y, prolonge ce couloir, et là, tu peux faire une chambre secrète. Tourne encore. »

Elle faisait alors progresser son index et son majeur, avec précaution, sur la pointe des phalanges, en respectant les épaisses lignes charbonneuses des parois.

« On marche, on marche, on avance toujours, mais on n'arrive plus jamais à en sortir… Et au milieu du labyrinthe, dans l'obscurité, il y a le

Minotaure. Regarde sa tête de taureau, son corps d'homme grand et gros. Encore un qui dévore les très jeunes gens.

— C'est qui le Minotaure ? »

Et Nora recommençait à raconter. Long monologue mythologique. Incantations. Mises en garde. Soupirs. Prononciation théâtrale du nom des personnages. Comme une actrice. Elle prenait des voix effrayantes, des intonations mystérieuses. « Aaaaaatttttention, Thésée se rapproche, il marche sur des squelettes, il renifle cette puanteur de la bête sauvage qui va se jeter sur lui. Mais, mais, mais… » Et d'une main sûre, d'un trait de craie grasse, elle tissait son fil d'Ariane telle une femme-araignée, jusqu'à la sortie, l'issue de secours. « Thésée sauvé ! »

Les premiers jours à Ravel furent pour Nikos un perpétuel défilé de dieux, de demi-dieux, de géants, de gorgones et de monstres. Récits, descriptions, dessins. Une sorte de Grèce des origines qui coulait par une fissure, à flanc de volcan. Il y prit tout de suite plaisir.

La vie suivait son cours. La présence inespérée de l'enfant perdait de sa nouveauté. La normalité et l'habitude ont si vite fait de tout recouvrir, comme une neige, une pluie de cendres. Bref, les choses se tassaient. Parfois, Raphaël venait rendre une petite visite aux deux dessinateurs.

« Montre ton dessin à Raphaël, disait Nora, il t'expliquera mieux que moi. Il sait tout, lui ! Il connaît toutes les légendes, les contes, les mythes.

Toutes les histoires, enfin, sauf la sienne. C'est bizarre, non ? »

Raphaël esquissait un geste d'impuissance, une grimace malheureuse. « C'est comme ça. » Mais, d'un discret coup d'œil, il ne pouvait s'empêcher de contempler sa modeste réussite. Pas un miracle bien grandiose, mais tout de même, tout de même. Un tableau laborieux mais bien léché : « La femme et l'enfant qui dessinent, à genoux par terre, contents d'être ensemble. » Et puis il se retirait, sur la pointe des pieds, à reculons, faisant des haltes, comme un artiste qui vérifie les proportions, la perspective.

*

Sous le prétexte de maintenir le contact entre Elsa Pietri et son enfant, Mathias avait demandé à la maison d'arrêt de Nancey un droit de visite. Il se rendit d'abord à la prison environ tous les dix jours, avec plusieurs dessins de Nikos surchargés de grosses lettres majuscules et malhabiles formant les mots « maman bisous » ou « Spinxx ». Il quittait pour quelques heures l'hôpital, sachant qu'il y aurait la fouille, les contrôles et l'attente interminable en compagnie d'épouses lasses et de mères éplorées.

Il était encore plus long et compliqué pour les visiteurs d'accéder au quartier de la prison réservé aux femmes. Un silence particulier. Une odeur de détergent et de médicaments qui imprégnait les vêtements, les cheveux, la peau.

Lorsque Elsa Pietri fut conduite jusqu'à Mathias la première fois par une imposante gardienne, elle lui parut encore plus maigre et pâle que la première fois. Une moue un brin provocante, malaise et ironie mêlés. Mathias la salua, mais elle se contenta de le fixer, droit dans les yeux sans sourire, l'air de dire : « Qu'est-ce que vous me voulez ? » Il remarqua qu'elle était essouf-flée, quelque chose sifflait dans sa poitrine ou dans sa gorge. « Elle aussi, elle sait se contrô-ler… » D'ailleurs, ce séjour en prison la contrai-gnait à jouer les dures, ne serait-ce que pour tenir le coup, survivre au milieu des autres déte-nues, des folles, des suicidaires, des violentes, des perverses. Toujours le même tic, souffler en avançant la lèvre inférieure pour soulever la mèche qui lui tombait devant l'œil.

Mathias décida de se taire, lui aussi. Après tout, c'était à elle de céder. Au bout de longues minutes, elle lâcha un « Alors ? » brutal.

« Alors quoi ?

— Eh bien, Nikos ?

— Je viens pour vous en donner des nouvelles. Je sais qu'ils vous ont dit qu'il était chez nous. Il va bien. Un brave petit. Il se fait à tout. C'en est même étonnant. C'est vrai qu'il en a déjà pas mal vu pour son âge. Mais il est futé, aussi. Il pense à vous. Je suis sûr qu'il a des moments de tristesse, mais ça ne dure pas. Bien sûr qu'il pense à vous. Voilà… »

Posé entre eux, un grand dessin de Nikos, signé en grosses lettres avec la mention « pour maman, pour Marilou ». La détenue posa sa main à plat sur la feuille, esquissant tout de même un sourire, sans regarder ce que Nikos avait dessiné. Elle attendrait d'être seule pour l'examiner en détail.

« Bon », dit-elle, comme pour mettre fin prématurément à la visite. Sa dureté ombrageuse plaisait à Mathias. Fragile, on la devinait pourtant prête à cogner pour se défendre, même quand elle était certaine de ne pas avoir le dessus. Elle avait d'ailleurs frappé les flics venus l'interpeller. Coups de pied et de poing. Morsures. Mathias aurait aimé lui faire part de cette sorte d'admiration qu'il éprouvait pour elle. Comme un idiot, il se contenta de lui demander si ce n'était pas trop dur.

« Pas trop dur ? Non, tu parles ! »

En rage, elle s'empara brusquement du dessin de son fils et se leva.

« Calme-toi, tonna-t-il. Je suis venu te voir, alors tu restes. On n'a pas fini. Assieds-toi ! »

Il la tutoyait à son tour. C'était la première fois. Elle l'avait mis en colère. Il lui rappela vertement qu'elle avait fait, toute seule, un bon nombre de conneries, et qu'elle en avait remis une couche et même plusieurs couches, pour que finalement les juges décident de l'incarcérer.

« Alors, pour l'instant, tu peux faire un petit effort, merde…

— Ce sont des nuls. Ils ne savent rien, ne comprennent rien. Je voudrais tous les tuer !

— Bon, ça va comme ça ton cinéma. Pas à

moi. La juge m'a raconté tes aventures. Après le meurtre de Nikos, tu aurais pu te calmer. Tu as mis ton petit au monde, enfin… votre enfant. Pourquoi tu as continué ?

— Me dites pas que vous voulez me faire la leçon, comme eux ? Pas vous ! Mais qu'est-ce que vous vous imaginez ? Nikos devait de l'argent, beaucoup d'argent. À qui croyez-vous qu'ils l'ont réclamé, ensuite ? J'ai peut-être volé, mais vous croyez que j'en ai fait quoi du fric ? Mon gosse, mon petit comme vous dites, ils menaçaient de s'en prendre à lui. Ils sont comme ça.

— Mais qui *ils* ? Qui sont ces salopards ? Tu as raconté ça aux flics, aux juges ?

— Je veux pas d'autres ennuis, pigé ?

— Écoute, il faut que tu sortes d'ici au plus vite. Pas d'autres bêtises ! Ne cogne sur personne. Ne fais pas l'imbécile. Pas de provocations. Mais après, tu vas arrêter de vivre comme ça. Je peux t'aider. Je ne te laisserai pas tomber. D'accord ? »

Mathias se sentait soudain une responsabilité confuse. Il ne pouvait pas la laisser là, entre barreaux, grilles, portes de fer et matonnes sévères, entre les murs qui se rapprochent jusqu'à broyer le corps et la volonté. Mais que faire ?

« Je reviendrai, Elsa. Très vite. Avec des dessins de ton fils.

— Pas Elsa, Marilou !

— Mets-toi bien ça dans la tête : à partir de maintenant je t'appelle Elsa. C'est comme ça. On t'appelait Elsa quand tu étais petite fille, non ? Et quand tu sortiras ce sera pareil.

— Vous êtes toubib ou éducateur ? J'en ai connu quelques-uns aussi, quand j'étais petite fille, justement… Ils me sortent par les yeux. »

Mathias lui présenta ses mains ouvertes.

« Tu vois, *Elsa*, avec ces deux mains, j'agrippe très fort les bébés, je les aide à sortir. Je leur donne parfois une tape dans le dos pour leur faire pousser leur premier cri. Mais avec ces mêmes mains, je peux aussi donner de sacrées paires de claques.

— C'est ce que je dis : un éducateur ! Il y en a qui cognent, vous savez. »

Ce fut Mathias qui donna le signal de la fin de la visite, informant Elsa qu'il reviendrait la semaine suivante. Un premier contact plutôt vif dont Mathias ne gardait que le souvenir d'une voix pleine de défi, d'un corps minuscule comparé à la bâtisse qui l'enfermait, aux poignets trop tendres et trop minces dans le lourd métal des menottes.

10

Un dimanche de fin octobre où il n'était pas de garde, il se dit qu'il pourrait passer du temps en tête à tête avec Nikos dont la complicité grandissante avec Nora l'agaçait. Pas question de se laisser exclure. C'était lui qui avait inscrit le petit à l'école de Ravel, où, chaque matin, Nora l'accompagnait. Parfois, bien que ce fût à deux pas, elle l'attendait à la sortie, à quatre heures et demie. Promenades, longues histoires inventées à deux. Leurs imaginations respectives se stimulaient, débordaient l'une sur l'autre. Le réel s'éloignait. Ils parlaient beaucoup, mais c'était d'êtres fantastiques, de pays inventés, de merveilles diverses, ou bien ils se taisaient, tranquilles, dans un vaste présent sans limites. Mathias apprit que Nora n'avait jamais sérieusement informé Nikos du lien qui les unissait. Ni parlé à l'enfant de son père, en précisant que ce père était « son fils à elle ». Elle se comportait comme s'il n'y avait toujours eu, auprès d'elle, qu'un seul enfant éternel.

Mathias proposa donc à Nikos qu'ils descendent ensemble, à pied, jusqu'au port de plaisance.

« Je voudrais te montrer mon bateau et un de ces jours, s'il fait beau, on ira faire un tour sur l'eau. Il y a une île où on peut accoster. »

Toujours disponible, Nikos accepta.

À Ravel, c'était jour de marché. En plus des étals habituels s'ajoutaient ce jour-là les stands d'une brocante. Antiquaires et bouquinistes. Un monde fou. Épaule contre épaule. On se marchait sur les pieds et il fallait jouer des coudes pour approcher des marchandises. En plus des fruits et légumes, des fromages, des montagnes de charcuterie, s'étalait tout le bazar habituel des puces, outils anciens, vieux meubles en bois, livres d'occasion. Chacun s'arrêtait ici, puis là, déambulait à nouveau.

Mathias prit la main de l'enfant, de peur de le perdre. Tout le monde semblait content. Petit rythme dominical. Sourires, signes de tête, saluts sonores, exclamations, accolades et tapes dans le dos. Le commerce battait son plein avec une sorte de vigueur euphorique. Des mains tendaient allègrement des billets, d'autres mains emballaient vite l'objet dans du papier journal. Chacun pensait avoir fait une affaire.

Nikos, serré contre Mathias, était curieux de tout. Du nom des champignons. Du fonctionnement des mécaniques. Mathias lui apprit que le café n'était pas une poudre mais d'abord des grains, d'où la nécessité de le moudre, autrefois, dans ces vieux machins munis d'un tiroir de bois.

Les bistrots avaient sorti leurs tables et depuis sept heures du matin, malgré le fond de l'air plutôt frisquet, les buveurs se succédaient, tranquilles, comme au bord de la mer. À l'intérieur, cramponnés au comptoir, les poivrots débitaient leur éternelle ritournelle. Et la foule grossissait encore. Chacun menant la barque de son corps, comme il pouvait, dans le flot pâteux des autres corps. Il n'y avait pas seulement des habitants de Ravel, mais des gens de passage, venus pour la brocante, le plaisir. Des affairés et des égarés dominicaux.

Le rythme général de ce dimanche matin n'était pas lent, mais mesuré, simplement mesuré. «À la mesure de l'homme», pensa Mathias. Une bonne mesure. Mais aussi à la mesure des choses animées et inanimées, vieux objets ou fruits d'automne. À la mesure des gestes et des corps. C'est à de tels instants très simples qu'aspirent les êtres humains partout dans le monde. Commerce, paix, chaleur. On est dehors, ensemble, sur des places. Des marchés d'Afrique aux souks du Moyen-Orient, des ruelles vietnamiennes aux petites places grecques. Pas exactement le bonheur, mais une activité épargnée par la menace ou la trop grande misère. Vendre des marchandises dont on n'a pas honte, en gagnant un peu sa croûte. Acheter ce dont on a besoin ou envie sans se faire trop voler. Manger et boire du vin avec des amis. Se promener bras dessus bras dessous avec sa copine ou sa femme. Rentrer le soir dans une maison à soi, et se reposer avant de reprendre le boulot.

Quelle chance ! Prendre le temps de ne rien faire. S'asseoir un moment sur un banc. Fermer les yeux, la tête à la renverse, le visage offert au soleil. Regarder pousser du persil sur son balcon ou des roses dans son jardin. Se souvenir de ses rêves. Prêter à d'autres des livres qu'on a aimés. Faire une partie de boules. Écouter de la musique ou en jouer avec des types dont on ne parle pas la langue. Et enfin — pourquoi pas ? — se promener un matin d'automne en sentant une petite main confiante dans la sienne. « Comme ça, pensait Mathias, exactement comme ça. »

Mais alors ? Si c'est ça qu'ils veulent, qu'est-ce qui pousse les hommes à se jeter dans des entreprises de mort et de destruction ? Au Pakistan, un camion bourré de dynamite explose sur un marché. Au Yémen, des hommes cagoulés ouvrent le feu sur une foule. Des pick-up équipés de mitrailleuses lourdes font leur entrée à Tombouctou, et les mercenaires qui en descendent incendient les maisons des « mécréants », fouettent les femmes, hurlent le nom de Dieu. Bandes armées, milices, gangs. Vastes déploiements militaires. De sales guerres, sur presque tous les continents. Au nom de quoi ? D'une ferveur religieuse ? D'idéologies fumeuses ? De la folie économique ?

Tout au long du marché de Ravel, des gens saluaient Mathias. Des « bonjour docteur » tantôt respectueux, tantôt complices. Lui, il ne les reconnaissait pas forcément tous, mais il prenait le temps de leur répondre. Il présentait parfois Nikos, sans donner de détails. « Un bon petit ! Il est avec nous en ce moment… »

Mathias se sentait soudain étrangement bien, seul avec l'enfant, dans cette foule. Non pas protégé, mais immergé dans la chaleur des affaires humaines.

L'intention de parler à Nikos ne l'avait pas quitté. Il décida de le faire. Pourquoi pas au bistrot ? Entre hommes ? Dans le brouhaha de ce qui se déblatère de plus léger à propos des choses les plus graves.

Ils entrèrent au Café de la Place. Un coin de table. Tout fut dit très vite : que Nora était la mère d'un garçon dont il portait à son tour le prénom.

« Ce garçon, c'est ton père. Mort, malheureusement, juste avant que tu naisses. Quand je l'ai connu, il avait exactement ton âge. D'ailleurs, je suis venu souvent dans ce bistrot avec lui… Je voulais juste que tu le saches. Une autre fois, je te parlerai de lui. Si tu veux… »

Nikos avait tout enregistré. Il hocha doucement la tête d'un air entendu, et Mathias vit qu'il ne lui avait rien appris du tout, que l'enfant savait tout depuis longtemps, avait gardé au fond de lui ce qui n'était pas même un secret mais un bloc de silence.

« OK ! soupira Nikos. OK… » Sa façon à lui de

dire à Mathias « Tu as dit ce que tu avais à dire, maintenant ça va… ».

Ils se tenaient tous deux accoudés à la table de bois. Difficile de dire qui menait le jeu tant l'enfant avait soudain l'air mûr. C'était Mathias le plus gêné. Alors, ils n'en parlèrent plus. Comme le café était bondé, un habitué vint s'asseoir à leur table. Il disparut derrière un grand journal dont il tournait vigoureusement les pages.

« Tu sais que les Arabes, ils n'écrivent pas dans le même sens que nous ? » demanda soudain le petit Nikos.

Les enfants ont ce pouvoir de s'envoler. De s'extraire du dédale de la situation en un rapide battement d'ailes. Ils savent glisser, passer à autre chose. Leur affect n'a encore que de petites racines. D'une question l'autre. Mathias remarqua que le journal était effectivement écrit en arabe. L'homme abaissa ses pages en riant et entreprit de lire à Nikos un passage, à haute voix, en suivant du doigt les caractères. De droite à gauche.

« Tu vois, dit Mathias, l'endroit, c'est aussi l'envers. »

Lorsqu'ils quittèrent le bistrot, les rues étaient déjà moins encombrées, les cris moins vifs. Ils descendirent tout de même jusqu'au port de plaisance, mais sans conviction. Ce n'était plus un adulte et un enfant qui marchaient côte à côte, mais deux êtres hybrides, ni grands ni petits, ni vieux ni jeunes, désormais reliés par des tuyaux transfusant une bizarre liqueur de connivence et de silence.

Les jours passèrent. Très lentement et très vite, non sans s'étaler parfois en de larges flaques de ce qu'il faut bien appeler du bonheur. Mathias plus serein, plus disponible. Nora parfois radieuse. Pour la première fois depuis de longues années, elle recommençait à s'occuper du jardin, de cette friche qui cernait la maison. Aidée par l'enfant, elle taillait, nettoyait, faisait de grands tas de feuilles mortes, même si l'activité de jardinage était souvent interrompue par de longues récréations et de curieuses créations.

L'automne s'étira encore, avec lenteur et splendeur, et brusquement l'hiver fut là. Un précoce coup de froid sur les arbres encore pourvus de feuilles. Une nuit de flocons noirs. Un matin blanc de givre. Autour du lac de Nancey, les saisons sont particulièrement marquées. Elles sont mouvantes et ondulent comme des vagues. L'automne descend des montagnes, déversant les rouges, les ors, le brun et l'ocre jaune vers les rives, jusqu'à ce qu'ils se reflètent dans les eaux. Au contraire, le printemps escalade les pentes. Les verts crus naissent un beau matin dans un tiède recoin du rivage. Le lendemain, de frêles feuilles se déplient au bout des rameaux. Le vert commence alors courageusement l'ascension de la montagne, arbre par arbre, ramure par ramure, habillant la roche nue comme un grand bas vert. Très haut, les derniers arbres sont encore dépouillés et noirs, mendiant sourdement, dans l'ombre et le froid, un pan de ce doux velours vert.

Raphaël n'était guère encombrant. Au point qu'on l'oubliait parfois. On savait qu'il était là, comme un convalescent. « Pauvre Raphaël ! Décidément sa mémoire paraît fichue… » À l'approche de Noël, un soir, Mathias le trouva sur la route, marchant en plein brouillard. Il lui proposa de le ramener.

« Je vais devoir vous remercier, docteur Clamant, car, comme je vous l'avais annoncé, je vais disparaître. Votre hospitalité m'a touché. Mais vous voyez, pour moi rien ne change. Vous devez me trouver bien désespérant. Alors, ça ne peut plus durer. Pour vous, par contre, les choses ont changé, je crois, et vous ne pouvez pas savoir à quel point je m'en réjouis… »

Mathias protesta. Impossible que Raphaël parte ! De la pure folie. Un homme sans identité, sans feu ni lieu, ni souvenirs, sans même de nationalité précise, ne peut se fondre comme ça dans la nature.

« Même si vous vous sentez en pleine forme, il y a ce manque. Ce trou. Comment ferez-vous ? Si l'amnésie subsiste, je peux vous aider d'une autre manière…

— Tout ce que je vous demande, docteur Clamant, c'est de m'oublier. C'est la seule aide dont j'ai besoin. J'ai été heureux, près de vous

209

et de votre épouse. Ailleurs quelque chose m'appelle. Ne cherchez pas à comprendre.»

Après tout, chacun son affaire. Chacun son choix. Simplement, Mathias regrettait que tout soit resté si obscur. Comme pour signifier à Raphaël qu'il n'était pas tout à fait la dupe qu'on pourrait croire, il lui rappela :

«Vous savez, en tant que médecin responsable de vous, je pourrais exiger un dernier examen médical. Un contrôle… Vous torse nu, moi stéthoscope aux oreilles. Rythme cardiaque, tension.

— Qu'est-ce que vous découvririez?» demanda Raphaël avec un petit air ironique.

Mathias insista :

«Par exemple, votre nombril? J'en ai vu, moi, des ombilics. Une cicatrice qui se forme quand tombe le cordon. Encore faut-il qu'il ait existé, ce fameux cordon ! Eh bien dans votre cas… Bon, je n'insiste pas. Vous partirez quand vous voudrez, Raphaël… »

Ils arrivèrent à la maison, où les attendaient Nora et Nikos. En principe, c'était la dernière fois qu'ils dînaient tous ensemble. Et le dernier dîner fut gai et détendu.

11

Puis l'hiver s'installa. La neige tomba en abon-
dance. Partout, elle tenait. Des flocons tour-
billonnaient dans un grand courant d'air glacé,
au-dessus du lac. Un froid vif. Des températures
négatives. Les sommets invisibles, avalés par le
blanc. Dans certains renfoncements particulièrement venteux, une pellicule de glace se formait
autour des pontons. Les cygnes se tenaient plus
loin. Figés comme des oiseaux de stuc. Sinistres
dans la brume.

Mathias était de moins en moins intéressé par
ce qui se passait dans le monde. Cette fois c'était
l'armée française qui intervenait au Mali.
Frappes aériennes. Des populations entières
fuyant les bombardements. Des troupes lourde-
ment armées marchaient sur Gao, reprenaient
Tombouctou aux islamistes qui remontaient vers
l'Algérie, avec leurs pick-up hérissés de mitrailleuses. Ailleurs, attentats et prises d'otages. La
grande confusion mondiale habituelle.

Il pensait à Elsa, enfermée dans le quartier des

femmes. Il allait la voir presque chaque jour, prenant sur son temps de service, rattrapant comme il pouvait les heures perdues. Elsa avait froid. Elle arrivait toujours glacée au parloir. Mathias lui avait pourtant fait parvenir des couvertures, des vêtements chauds. De l'argent aussi. Mais elle prétendait qu'on ne pouvait que trembler de froid en prison, pas seulement l'hiver, tout le temps. Le froid des murs vous glaçait les intérieurs, vous pénétrait les os, les organes, quels que soient les couches de laine sur la peau, les foulards, les mitaines.

Elle parlait de plus en plus volontiers à son visiteur. Comme elle savait que Nikos, dont les dessins tapissaient un mur de sa cellule, était en de bonnes mains, elle abordait d'autres sujets, mais sans clamer sa révolte ou faire de la provocation. Au contraire, elle posait à Mathias des questions sur les sujets les plus divers, comme si, pour la première fois, elle attendait quelque chose de cet homme qui répondait du tac au tac à ses demandes. Un jour, elle lui avait réclamé des livres : « N'importe quoi, mais des bien gros, avait-elle précisé, j'ai le temps de lire… » Alors, à chaque visite, Mathias lui apportait trois ou quatre livres de poche. Des romans. Des classiques.

« Et celui-ci, de quoi il parle ?

— Tu verras. Commence par le lire, ne t'arrête pas. Tu me diras. »

L'évocation de ses lectures devint un sujet privilégié entre eux. Parmi tous les récits, qu'elle avait abandonnés pour la plupart en cours de route, elle en avait élu deux. Classiques parmi les classiques et populaires depuis toujours : *La Bête humaine* et *Le Comte de Monte-Cristo*. Elle prétendait les lire et les relire sans cesse et, visiblement, certains passages l'avaient bouleversée au point qu'elle en parlait avec un tremblement dans sa voix éraillée. De quoi s'émerveiller, pensait Mathias, de la puissance de ces bouquins à travers le temps.

« Ce type, Lantier, moi, je suis comme lui. Il y a un truc en lui, qui le pousse à faire des choses.

— Quelles choses ? Toi, qu'est-ce que tu te sens poussée à faire ?

— Je sais pas, mais ça m'a toujours fait peur. »

Mathias lui parlait alors du printemps, songeait à haute voix, devant elle, à des boulots qu'il lui trouverait, dès sa « sortie de cabane » comme elle disait. À l'hôpital ou ailleurs.

« Rien ne te pousse à faire quoi que ce soit si tu ne le veux pas. Il suffit que tu résistes. Et que quelqu'un te tienne par la peau du cou, pour t'en empêcher ! Les chats, tu les attrapes comme ça, et ça les paralyse.

— Alors là, ça m'étonnerait… Je me laisserais pas faire ! »

Cette menace l'amusait tout de même un peu, et elle finissait par se détendre, devenir rêveuse, juste avant le signal de la fin de la visite.

À la maison de Ravel, avec toute cette neige dehors, puis à l'occasion de Noël, on fit à nouveau du feu dans la grande cheminée. Il y avait bien longtemps que ça n'était pas arrivé. Mathias se souvenait à quel point, les hivers précédents, tout était froid et austère. Désormais, Nora apportait d'énormes bûches et les flammes ronflaient très fort. Tout un matériel de dessin, des bouquins, des jeux, de la nourriture, des bouteilles s'accumulaient devant l'âtre, dans la grande pièce qui avait repris vie. Lorsque Mathias rentrait, il entendait la voix enjouée de Nora. Nikos accourait. Elle lui apprenait à s'occuper du feu :

« Tu sais, c'est vivant, un feu, ça s'entretient, ça se jardine, ça se travaille. Rassemble la braise. Tu vois bien que cette bûche fume. Elle ne brûle plus, elle meurt. Prends le soufflet, ranime ! »

Comme elle, Nikos avait des fringales. Clémence s'en donnait à cœur joie. Plats et gâteaux dévorés devant le feu. Mathias, s'il rentrait assez tôt, s'asseyait à distance, dans l'ombre, à l'autre bout de la pièce, son whisky à la main et les regardait à travers le fond du verre, personnages minuscules flottant dans le liquide doré, solubles dans l'alcool de l'insouciance, mais toujours là. Pour combien de temps encore ?

Un soir, alors qu'il croyait Raphaël sur le départ, ou même déjà parti, il le découvrit à côté de lui, assis sur l'accoudoir de l'autre fauteuil. Arrivé sans bruit, apparu avec une infinie discrétion, mais observant lui aussi les gestes de la femme et de l'enfant près de la cheminée. Mathias fit à son hôte un signe de connivence et lui tendit un verre de whisky. Ils continuèrent à boire tranquillement, jusqu'à ce que le feu finisse par s'éteindre et que Nora emporte dans ses bras l'enfant endormi.

Un jour humide de février, Mathias reçut un appel de la «JAP». «Madame la juge Berger au téléphone.» Elle l'informa tout de go qu'en application des divers règlements sur la réduction de peine, Mme Pietri serait libérée fin mars, au plus tard aux premiers jours d'avril. Moins de quatre semaines à patienter. Le temps était passé, il le sentait. Il tenta d'imaginer Elsa libre de ses mouvements, allant où elle voulait dans la lumière du jour, dans les premières tiédeurs printanières, assise à ses côtés dans la Volvo ou buvant un café à une terrasse, dès que le soleil serait plus chaud. Il ne l'avait jamais vue que menottée ou incarcérée, derrière des portes de fer munies de verrous.

Cette libération prochaine, à laquelle Mathias ne pensait plus, ne parut pas tellement réjouir Elsa elle-même. Soucieuse plutôt. Préoccupée. Quelque chose l'ennuyait. Elle confia à Mathias que l'idée de revoir Nikos après plus de six mois l'effrayait. «Six mois c'est long dans la vie d'un enfant.» Elle était aussi inquiète à l'idée de devoir retourner dans le squat du bord du lac pour y récupérer quelques affaires.

«Dis-moi ce que c'est, j'irai les chercher, lui proposa Mathias.

— Un sac, deux ou trois valises, des cartons et des sacs poubelle remplis de bricoles. Peu de choses.»

Elle avait tout rassemblé car, juste avant son arrestation, elle pensait quitter les lieux. Mathias ne tarda pas à s'y rendre. Malheureusement, tard dans la soirée. Après la fonte des neiges et les pluies de fin janvier, le chemin n'était plus qu'une sente boueuse. Les branches des bosquets raclaient la carrosserie de la Volvo qui bringuebalait entre pierres et ornières. Devant la bâtisse, des monceaux de choses abandonnées, détrempées, méconnaissables, deux carcasses de voitures aux vitres brisées, des restes de brasiers, une grande sculpture de bois, sorte de mât totémique surmonté d'une tête d'oiseau avec des dents plein le bec. Des chiens furieux aboyaient dans le noir. Le rectangle des fenêtres éclairées se projetait dans la boue. On entendait de la musique.

Mathias fit son entrée dans une pièce enfumée mais, à sa grande surprise, personne ne prêta attention à lui. Il y avait des types d'âges très divers, des femmes endormies, des enfants roulés en boule sur des matelas derrière des panneaux en carton. Beaucoup moins de jeunes gens qu'il ne l'aurait cru, plutôt le genre d'errants qu'on voit au bord des routes avec sac à dos, chaînes, chiens, crâne rasé, rangers. Ce soir-là, ils étaient vautrés ou assis en tailleur, pieds nus, penchés à quatre ou cinq les uns vers les autres, fumant, tandis qu'une grande gueule tenait le crachoir. Il eut une pensée pour le Nikos qu'il avait connu et contribué à élever, seul au milieu de ces gaillards, ou avec son Elsa. Une forte odeur de friture, de feu de bois, d'herbe, de caoutchouc brûlé mais aussi de transpiration et de crasse humaine. Était-ce tout ce bruit qui le rendait invisible ?

La maison était vaste. Couloirs sombres, escaliers, pièces aux portes arrachées. Dans certaines chambres, des présences, des corps allongés, une grosse bougie se consumant au ras du sol. Mathias avisa un type assis devant un piano électrique, un casque audio sur les oreilles et qui jouait tout seul dans une pièce bien éclairée. Il remuait la tête au rythme d'une musique qu'on devinait endiablée mais que personne ne pouvait entendre puisque le son de l'instrument ne jaillissait que des écouteurs. Mathias lui posa une main sur l'épaule. Le type sursauta et parut terrifié. Un musicien pâle, avec un long catogan blanc, des lunettes rafistolées avec du sparadrap. C'est Mathias qui lui ôta son casque dans lequel de la musique continuait à grésiller. Il se pencha sur le bonhomme, attendit que ses oreilles aient retrouvé un peu de disponibilité et lui demanda s'il connaissait, bon, disons Marilou ! « Et Nikos ? Tu l'as connu aussi ? »

Le pianiste fit signe que oui. « Il pense que je suis un flic, tant pis… » Mathias lui dit calmement, lui serrant un peu le bras, qu'il venait chercher « leurs » affaires. Lunettes-Sparadrap parut bien embêté. Il continuait à secouer la tête, mais c'était pour faire comprendre à Mathias qu'il était disposé à l'aider. Il le conduisit jusqu'à une chambre.

«Je crois que c'est là, dit le musicien coopératif, le catogan en berne. Ses affaires…

— Ce tas informe sur le plancher? Rien d'autre?

— Moi, j'y suis pour rien. Marilou avait laissé ses bagages et ses paquets dans le placard. Des gars d'ici les ont trouvés. Ils avaient besoin de valises, du sac à dos. Ils ont tout vidé, tout renversé pour les prendre. C'est tout ce qu'ils ont laissé. »

Sur le sol poussiéreux, il y avait des hardes, foulards, jeans usés, sacs plastique vides, petites choses perdues au milieu de boîtes de fer. Tout ce qui avait quelque valeur ou utilité avait été volé. Ne restait que du rien, de la déchirure, de l'usure, du sali, du cassé. « Tout ce qu'elle a, tout ce qu'elle est, pensa Mathias, un tas de trucs qui s'appelle Marilou. » Oubliant le musicien craintif, il s'agenouilla au bord de ces restes misérables, y enfouit les mains et passa minutieusement en revue ce qui pouvait être sauvé. Il examinait tout dans le détail, tentant de reconstruire par l'imagination des bribes d'existence à partir d'une écharpe, d'un chemisier, d'un ticket de cinéma, de carnets, de vieux journaux. Il secouait les boîtes de biscuits en fer pour savoir si elles contenaient encore quelque chose, mais rien, presque rien, limes à ongles, bouts de rubans, papier à rouler les cigarettes (les joints?), brins de tabac. Emmaillotés comme des momies dans des T-shirts jaunis, il découvrit deux ou trois animaux en peluche, difformes et râpés. Rescapés de quelle lointaine enfance ? Soudain, échappé aux pilleurs, un bracelet en argent, large et ouvragé. Il sursauta. Ce bracelet, il le connaissait. Pas de doute. Il l'avait vu si longtemps au poignet de Nora ! C'était lui-même, Mathias, qui l'avait offert à sa compagne lors de leur premier voyage en Grèce, lorsqu'elle avait voulu le conduire sur les lieux qui lui étaient chers, les revoir avec ses yeux à lui. Dans un petit port des Cyclades, une étroite boutique, un vrai fouillis d'objets faussement antiques, de statuettes et de bijoux. Nora avait essayé le bracelet et étirait sa main devant ses yeux pour juger de l'effet.

« Il te plaît ? Garde-le », lui avait dit Mathias, et il avait sorti des drachmes du fond de sa poche.

Et voilà que cette modeste parure en argent resurgissait du passé, chargée d'un vieil affect, patinée par le souvenir et sur laquelle toutes les images heureuses d'un voyage à deux collaient encore un peu. Son passé à lui au milieu de son foutoir à elle. Il comprit ce qui s'était produit. Afin de l'offrir à Elsa, Nikos avait subtilisé ce bracelet que sa mère ne portait plus guère. Un ancien cadeau fait par Mathias ressuscité en un cadeau tout neuf pour une fille inconnue. Éternel « présent » !

Cette découverte donna la nausée à Mathias, ce genre de nausée indécise, quand le besoin de tout vomir se double d'un attendrissement pour ce qu'on a ingurgité d'indigeste. Il alla arracher à un lit vide, dans une chambre déserte, un grand drap blanc dans lequel il fourra toutes les propriétés d'Elsa Pietri, et repartit comme il était venu, rôdeur chargé d'un baluchon. Personne pour lui demander des explications. Le pianiste électrique se contorsionnait à nouveau sur son tabouret au rythme d'un jazz silencieux, des gars buvaient, fumaient, dormaient. Une grande mollesse désespérante s'étalait sur cette compagnie de proscrits et de marginaux qui n'avaient plus d'exigences sinon celle de vivoter ici ou là, quitte à dérober à l'occasion les pauvres valises d'une pauvre fille.

Sans attendre, Mathias fit part à Nora de la libération prochaine de la mère du petit Nikos, mais il lui proposa de n'en rien dire encore à l'enfant au cas où, pour une obscure raison administrative, ou un comportement inadmissible d'Elsa, cette décision de justice serait différée. Nora se rembrunit. Elle enregistrait la nouvelle, sans un mot, mais avec une grimace réprobatrice et un léger tremblement trahissant la surprise ou la colère. Un coup auquel elle ne s'était pas préparée. Pour elle, Elsa Pietri était condamnée à perpétuité. Au fond d'une oubliette. Ils restèrent un moment côte à côte, incapables de parler de ce qui allait se passer dans un mois à peine. Nora, d'un seul coup très sombre, la bouche tordue. Mathias voyait gonfler sa fureur, mais il n'y avait rien à faire ni à dire. Il la laissa là.

TROISIÈME PARTIE

NI SUR LA TERRE, NI AU CIEL

1

Enfin, il y eut ce soir d'abandon. Dernier soir d'une courte époque. L'heureuse parenthèse de six mois se refermait. L'alerte. La maison noire, vide. Pas une lumière, pas un bruit. Un silence de ruines. Mathias fit lentement le tour de ce qui avait été « chez eux ». En arrivant, il avait perçu cet effondrement sur place. La maison Clamant comme la Maison Usher. L'ancien atelier de Nora, portes battantes, puant l'humidité et la vieille colle, vide ! Chaque pièce de la maison, vide ! La cheminée, trou noir, odeur de suie, sans chaleur ni souffle comme la bouche ouverte d'une femme qui vient de rendre l'âme. La cuisine à l'abandon. Il n'appela même pas. Il en était sûr. Nora et Nikos avaient disparu. Partis. Envolés. Sur un coup de tête, Nora avait décidé d'emmener l'enfant loin d'ici. Il ressortit. La porte de l'ancien garage, celui qui ne servait plus guère qu'à entreposer des objets en fin de course ou des appareils hors d'usage, était ouverte. Tout de suite, il vit que son vieux pick-up Toyota à quatre roues motrices, un Hilux qui avait plus de vingt ans et dont il ne se servait plus, avait disparu. Un mystère. Sa batterie devait être à plat, ses pneus dégonflés, son niveau d'huile au plus bas, son réservoir vide. Qu'est-ce que Nora avait manigancé ? Au début de leur emménagement ici, alors qu'ils s'occupaient de transformer la grange en atelier, elle aimait piloter ce gros engin pour aller chercher des matériaux. Elle l'avait aussi utilisé plusieurs fois pour emporter des toiles de grande dimension à des expositions lointaines. Comment s'y était-elle prise pour le remettre en état de marche ? En tout cas, ça voulait dire qu'elle n'avait pas l'intention de revenir de sitôt. L'annonce de la libération d'Elsa lui avait été insupportable.

Le petit appartement où Raphaël avait séjourné était également déserté. Dans cette chambre où il avait feint d'attendre que des fragments de mémoire personnelle lui reviennent, tout était rangé de façon impeccable et sinistre. Un vrai cimetière. Le lit au carré comme seul un moine ou un officier savent le faire. Tous les livres avaient été méticuleusement classés alors que Mathias n'avait laissé qu'une bibliothèque en désordre. Plus morbide encore, dans un vase de porcelaine, une branche de tilleul, comme une signature ironique, un signe d'adieu ou une petite note kitsch défiant la philosophie, la science et la littérature qui se tenaient dignement sur les étagères.

Si Nora et Nikos avaient pris la route le matin

même, ils devaient être déjà bien loin. Mathias descendit à pied jusqu'à la maison où logeait Clémence, au bord du lac. Il cogna contre la porte du minuscule appartement. En voyant le docteur dans l'encadrement de la porte, elle ouvrit de grands yeux. Alors ? Que s'était-il passé ? Avait-elle vu Nora partir ? Elle se tenait debout, en chemise de nuit, une épaisse couverture beige sur les épaules. Il était tard. Elle était en train de regarder la télévision. Le docteur ici ? Chez elle ? « Ben ça, alors ! » Elle n'en revenait pas. Mathias fut obligé de la bousculer un peu pour qu'elle réponde.

Elle finit par lui raconter que, pendant qu'il était absent, Nora avait fait venir un dépanneur et qu'il avait bricolé un long moment dans le vieux garage. Nikos dans les pattes. Et puis elle avait entendu de violents vrombissements. « Comme ça, vrooouuumm ! » Elle imitait le bruit en gonflant ses lèvres. Et puis il avait conduit le vieux Toyota jusqu'au milieu de la cour. « Vroooouuuummm… » Le moteur tournait toujours quand le garagiste était reparti. Pour que ça aille plus vite, Nora avait alors demandé à Clémence de l'aider à charger leurs affaires.

« Beaucoup de bagages ?

— Est-ce que je sais, moi ? En tout cas pas mal. Des sacs, des mallettes. Et puis la boîte à outils. Et un réchaud à gaz, vous vous rendez compte ? »

D'autres choses aussi, dont elle ignorait l'usage. Des rouleaux de papier kraft, et des rouleaux de toile blanche. Le tout à l'arrière, sur la plate-forme.

Alors oui, c'était pour longtemps ! Elle devait avoir un sacré périple en tête. Elle voulait surtout passer encore du temps avec le gosse. Que dire ? Plus tard, Mathias découvrit qu'elle avait fait un retrait d'argent liquide très important sur le compte en banque où Waldberg versait régulièrement le produit de ses ventes. Elle possédait plusieurs cartes de crédit.

Mais Mathias avait encore fort à faire. Pas question de se lancer tout de suite à leur poursuite. Il voulait d'abord attendre qu'Elsa soit libre. Après, il aviserait.

2

Ah ! Tout est tellement précaire, tellement fragile. Sur la terre comme au ciel, rien ne tient vraiment le coup. Le sable des circonstances vous file entre les doigts. Sur la terre comme au ciel, celui qui croit avoir réussi un petit quelque chose — je ne parle pas de sa vie ou même d'un roman, mais d'une action modeste, d'une intervention relative —, celui-là ne voit pas derrière lui la vague démesurée qui approche et va anéantir ses efforts. Vague de destruction massive qui nivelle tout sur son passage. Alors, quoi qu'on ait accompli, se reposer au septième jour comme au vingtième ou au centième, pas question !

Pourtant, ces derniers temps, je ne pensais plus qu'à me retirer, qu'à remonter au ciel d'un discret battement d'ailes. J'observais Nora avec satisfaction. La facilité avec laquelle j'avais fait surgir cette « Elsa » et son enfant de six ans de la masse des possibles m'avait redonné confiance en moi. Lorsque je regardais Clamant partir faire sa visite à la prison, je me réjouissais de son air vif et plein d'entrain. Longtemps qu'il n'avait pas sifflé avec une pareille allégresse. Lui, ce n'était pas seulement la présence toute neuve et quotidienne de l'enfant qui l'animait ou le ranimait, mais la métamorphose de Nora. Il sentait qu'elle allait mieux. Il s'en réjouissait en attendant beaucoup de la suite… Une suite qui incluait sa petite délinquante. Il éprouvait pour elle un sentiment compliqué et violent. Envie de la traiter comme une enfant difficile, de la « redresser » comme on dit. Fascination aussi pour la fille complètement paumée. À l'hôpital, il se consacrait avec efficacité à des cas souvent graves. « Vous avez encore fait des miracles, docteur… », lui déclaraient ses patientes. Bref, presque un collègue !

Et moi, bien tranquille dans ma peau d'amnésique, je tenais à l'œil tout ce petit monde. Mission accomplie, enfin, c'est ce que je croyais.

Soudain, patatras ! La fuite précipitée de Nora, et ce rapt que je n'avais pas prévu. C'est dire si ma faiblesse persiste. Du coup, tout bascule. La jeune mère privée de son enfant pendant des mois d'incarcération ne va pas le retrouver à sa sortie de prison. Son fidèle visiteur va devoir lui annoncer la mauvaise nouvelle. À nouveau la police ? L'avis de recherche ? Le drame ? Le déchirement général ?

Qu'y puis-je ? Lorsque j'ai aperçu le garagiste qui s'affairait dans le ventre du véhicule en panne, j'ai compris que quelque chose d'inquiétant se préparait. À tout hasard, je me suis concentré sur l'allumage, la carburation, avec l'intention de rendre le véhicule irréparable. De tout bloquer. J'ai senti un peu de froid dans la nuque, un peu de sueur sur mon front, mais ça n'a pas été suffisant. Le garagiste a sorti un bras du cam-

bouis, pouce dressé. Le moteur s'était mis à tourner!
Mon pauvre miracle s'évaporait.

Je me souviens que le deuxième ou troisième jour de
mon installation à Ravel, Nora m'avait raconté un
rêve pénible, comme si, à un type comme moi, elle pou-
vait tout dire. «*Je me trouvais debout dans une mai-*
son, au milieu d'une montagne de vêtements. Des
habits usés, de toutes tailles. D'autres, portés une fois
pour une fête ou un mariage. Et moi, j'étais obligée de
les plier, de les brosser, de les ranger. Des tas de chaus-
sures, vous savez, comme ces horreurs, à l'entrée des
camps. Je me baissais. Je reconnaissais des vêtements
ayant appartenu à ma mère, à mon père. Des habits de
bébé de mon fils. Une tâche démesurée. Et puis, dans le
rêve, j'avais une idée: ranger tous ces vêtements bien
pliés dans les placards de la maison. J'ouvre un premier
placard, puis un deuxième, et c'est une avalanche de
hardes, vieux costumes et robes mitées: tout est déjà
plein, débordant. »

Récemment, cherchant à me convaincre que tout
allait mieux, je lui avais demandé si ses cauchemars
étaient toujours là. «*Non, m'avait-elle répondu. Je*
rêve, mais je vois moins d'horreurs. » *Je pensais vrai-*
ment qu'elle allait mieux et que mon séjour touchait à
sa fin.

D'ailleurs, il y a quelques jours, alors que je me pro-
menais le long d'une petite route, j'ai été rattrapé par
deux motards qui se sont mis à rouler au pas, à côté de
moi. Ils se contentaient de m'accompagner. Leurs
moteurs tournaient mais ne faisaient aucun bruit. J'ai
cessé de marcher. Ils se sont arrêtés. Impossible de distin-
guer leurs visages, la visière de leurs casques, en plexi-

glas fumé, ne faisait que refléter les nuages. D'un même mouvement, ils ont relevé leurs visières. Je ne voyais que leurs yeux très blancs.

« Alors, Raph, ça va ? m'a dit le premier d'une voix douce.

— On dirait que tu te plais dans le coin », m'a dit le deuxième.

Je me suis contenté de hocher la tête. Ils n'avaient pas de mauvaises intentions. On devait même se connaître depuis longtemps. J'ai fini par demander : « Quel bon vent… ?

— On faisait seulement un saut rapide pour te prévenir.

— De quoi ?

— Tu sais bien, Raph ! Passé un certain laps de temps, ton séjour terrestre devient un séjour à risque. Tu dois agir vite et bien, puis repartir ! En principe, tu annonces ce que tu as à annoncer ; tu bricoles des améliorations dans la vie de qui tu veux, et puis basta ! Mais cette fois tu traînes, Raph. Tarde encore un peu et tu ne pourras plus remonter. Bloqué ici-bas. Exilé chez les mortels… Chute définitive !

— Et vous êtes venus pour me dire ça ?

— On ne t'a jamais laissé tomber. Tu te souviens ? »

Non, je ne me souvenais pas. C'est long l'éternité, ça s'effiloche.

« Je pars demain, ai-je annoncé à tout hasard. Ne vous faites pas de souci pour moi. »

Ce que je trouvais étonnant, c'était la persistance de cette surveillance et de ces avertissements. Une entreprise peut battre de l'aile, ses divins dirigeants peuvent être morts ou avoir disparu, il subsistera jusqu'au bout, au bas de l'échelle, des exécutants bornés et tatillons pour vous rappeler le règlement ou vous obliger à respecter la procédure. Mes deux sous-anges motorisés appartenaient à cette engeance. Le ciel a toujours eu besoin de petits bureaucrates.

Quand je leur ai demandé ce qui m'arriverait si je restais, ils ont ôté leurs casques, et j'ai vu cette masse de cheveux longs et soyeux couler sur leurs épaules. Des visages de subalternes asexués.

« Si tu attends encore ne serait-ce que deux ou trois jours, c'est fini. Plus question de revenir. Peu à peu tu vas perdre tes pouvoirs.

— Tous ?

— Presque. Les seuls qui te resteront : ubiquité et invisibilité. Ceux-là, tu les as pour toujours. Mais tu en feras quoi ? Au mieux, tu deviendras un spectateur.

— C'est déjà ça…

— Si ça te suffit, Raph, c'est toi qui décides. »

Je les ai remerciés et puis nous sommes restés un bon moment, tous les trois, au bord de la route. Le promeneur et les deux cavaliers. Leurs splendides chevelures à nouveau tassées sous le casque. Visière miroir. Quand j'ai repris mes esprits, les motards avaient disparu. Envolés. J'étais perplexe. Très seul. De plus en plus humain. « Spectateur, me disais-je… Pourquoi pas ? Surtout invisible. La terre vaut bien le ciel. Qui n'aurait pas envie de connaître la suite ? La fin du roman… »

3

La fin est proche, à présent. Le rythme s'accélère. Des coups de poing, des cris. Elsa se débat comme une diablesse tandis que Mathias lui maintient les poignets avec une seule main, comme dans un étau. Elle a essayé de lui frapper le visage, de le griffer, elle tente à présent de lui donner des coups de pied dans les tibias. Alors il lui tord les bras, l'oblige à se retourner et l'immobilise contre lui. Bloquée, dos tourné, elle tente encore de lui porter de sournois coups de talon dans les cuisses. Il veut l'écarter mais elle se débat, trébuche et ils tombent tous les deux dans l'herbe trempée, l'un sur l'autre. Elle crie, il souffle. Mathias a peur de l'écraser sous lui, de lui casser des côtes. Il sent son propre ventre qui bat contre les fesses de la fille qu'il maintient en s'efforçant de ne pas lui faire trop mal.

Puis ils se calment, tous les deux en même temps, essoufflés, au milieu de cette vaste esplanade couverte de givre qui borde le lac, à deux pas du centre de Nancey. Des marronniers centenaires, avec leurs troncs noirs et gluants. Des saules dont les branches trempent dans l'eau. Un grand manège de chevaux de bois protégé par des bâches moisies. Au loin, de rares promeneurs qui franchissent le pont japonais et feignent de ne pas remarquer ce couple en train de se battre. Un homme et une femme enlacés dans l'herbe, et des primevères recroquevillées dans de pauvres plates-bandes.

Deux heures plus tôt, Mathias attendait Elsa Pietri devant la maison d'arrêt. Le printemps était là, partout, presque invisible. Des bourgeons cirés, soudain fendus, crachant du vert. Une douceur de l'air, parfois, vers midi à l'abri des façades ensoleillées. Une promesse timide vaporisée dans les rues, sur les places, sans qu'on sache bien ce qui est promis. De beaux nuages blancs dans les flaques d'eau. Des fils de bave et d'incertitude. De la sève épaisse et secrète sous la peau des choses et de drôles d'idées dans les têtes. Bref, le printemps.

La prisonnière libérée avait fini par apparaître dans son anorak vert. Avec son petit bagage. Elle ne souriait pas. Toujours cet air préoccupé de petite fille, mais sur elle une usure nouvelle, un léger vieillissement comme un vernis craquelé. La prison. Mathias lui prend son sac et l'entraîne dans la plus grande brasserie de Nancey afin qu'elle boive le premier café de la liberté retrouvée. Afin qu'elle se sente enfin anonyme et tranquille au milieu d'inconnus qui ignorent tout d'elle. Après les barreaux, les portes de fer, les cris des matons, lui offrir, tel un luxe, un autre brouhaha et un autre silence. Le choc des bocks. La vie. Mais il voit que cette ambiance étourdit un peu celle à qui il a dit en la voyant « Bonjour Elsa ». Il l'appellera toujours comme ça, désormais. Il est décidé à lui parler le plus vite possible du départ de Nora. Plus de quinze jours déjà. Elle attend autre chose, bien sûr. Qu'il lui dise : « Bon, on y va, Nikos t'attend. Je n'ai pas voulu l'amener devant la prison, mais on va le retrouver. » Mais dans la brasserie, il ne dit rien. Elle devine quelque chose. Elle est sur ses gardes.

Et c'est sur cette esplanade déserte où, dès les premiers vrais beaux jours, des centaines de jeunes gens de Nancey, des centaines d'enfants, de promeneurs, de vagabonds, de chiens, d'amoureux viendront s'ébattre ou jouer, qu'il lui annonce, avec des précautions lamentables, que Nora a emmené Nikos faire un petit voyage, qu'ils ne sont pas encore rentrés mais que…

« Tu me prends pour une conne ou quoi ? »

Et elle se met à hurler. Dressée face à Mathias.

« Un voyage, tu parles ! »

Elle grogne d'abord, elle grogne entre ses dents que cette salope lui a volé son fils. Oui, elle l'a emmené pour le lui prendre, elle le sait. Une bordée d'injures. Sa voix déchirée se perd au-dessus du lac qui s'en fout.

« Vieille voleuse, et malade, ta femme ! Et toi, tu la protèges, évidemment. Un enlèvement, voilà ce que c'est. Et toi aussi, sale toubib véreux, tu es complice d'un rapt. »

Nouvelles injures et exclamations. Crachats. Elle crie qu'elle s'en doutait, qu'elle avait remarqué son air bizarre, à lui, ces derniers temps, pendant les visites. Plus un mot sur le gosse, plus un dessin.

« Depuis quand, hein ? Depuis quand ? Et où elle est allée le planquer, cette pute ? »

Elle frappe Mathias, des coups dans la poitrine, dans la gorge. Ses ongles sur ses joues.

« Tu le sais, hein ? Alors crache le morceau. »

Elle prononce le nom de son enfant. Elle dit : « La juge ! » Oui, elle va aller tout lui raconter à la juge. Et Nora fera de la tôle. Elle verra ce que c'est. Et elle part en courant dans tout ce vide printanier, puis revient se jeter sur Mathias.

Elsa et Mathias ont passé trois minutes allongés par terre, les membres emmêlés. De la boue sur leurs vêtements, sous les ongles. Il l'aide alors à se relever mais ne lui lâche pas le poignet. Il fait même exprès de serrer trop fort. Elle grimace mais ne crie pas.

Il lui dit qu'il sait qu'elle a mal. Que ça lui fait mal, à lui aussi, cette absence de l'enfant. Que c'est injuste, très dur, que c'est du gâchis, peut-être, mais que c'est comme ça. Que Nora est comme ça. Il dit « imprévisible », se rendant compte qu'il a encore l'air de l'excuser.

« Mais sache que Nikos s'est tout de suite très bien entendu avec elle. D'ailleurs, on ne lui avait pas dit que sa mère avait des chances d'être libérée plus tôt que prévu. Au cas où... tu comprends ?

— Et qu'est-ce que ça change ?

— Beaucoup de choses, tu vas voir. Tu parles de prévenir la juge, mais elle se dépêchera d'alerter les flics, bien entendu, avec avis de recherche et emmerdements à perte de vue. Allez, vas-y, va porter plainte ! Un gosse en voyage avec sa grand-mère, c'est un kidnapping à ton avis ?

— Alors ? Dis-moi immédiatement quand je reverrai Nikos ! »

Mathias la lâche, comme pour la tester. Elle ne bronche pas. Sa respiration se calme. Elle répète :

« Alors ? quand ?

— Écoute-moi, je suis sûr de réussir à les retrouver. J'ai mon idée. On part demain soir. J'ai les billets d'avion. J'ai tout arrangé. Je devine quel sera l'itinéraire de Nora. Ils ont seulement une bonne avance sur nous.

— On part où ? Moi aussi ?

— En Grèce. Oui, toi aussi. »

Elsa masse ses bras endoloris, hausse les épaules. Quelques brins d'herbe collés au bas de la joue. Elle s'est déjà faite à ce nouveau plan, à cette prochaine dérive. « Ça ou autre chose ! Là ou ailleurs ! » Elle s'assoit par terre, le visage dans les mains, l'air de bouder, puis elle regarde dans le vague. Fatiguée, vidée par la prison où elle se trouvait encore le matin même, à l'aube. Mathias voit qu'Elsa respire fort, s'enfonce progressivement dans une indifférence rêveuse. Un je-m'en-foutisme grandiose. Elle s'absente. Ses paupières se ferment. Revoir son fils maintenant ou plus tard, après tout quelle importance ? Toujours des trous, des ratés, dans sa vie ! Nulle part où aller, ce qui n'est pas nouveau pour elle. Aucune idée de ce qui va se passer dans les heures, les jours qui suivent. « Là où est le corps est la mort. » « Ici, c'est chacun pour sa gueule, ma fille, tu piges ? » Fermant les yeux, elle fait doucement pivoter sa tête comme pour soulager une nuque endolorie.

*

Sur cette immense aire de jeu où se dandinent des cygnes, personne ne remarque cette balançoire qui oscille toute seule alors qu'il n'y a pas de vent. J'y suis assis, je me balance, à quelques mètres de Mathias et de sa protégée qu'il malmène un peu. Je ne suis qu'un spectateur, désormais, ce qui ne m'empêche pas de me poser mille questions. Et si toute cette pagaille n'était que la suite logique de ce que j'ai déclenché ?

Toujours invisible, j'ai accompagné Nora et Nikos durant les premières heures de leur fuite. Le gamin ravi. Sa vraie maman derrière des barreaux d'oubli, loin en arrière. Avec quelle facilité il se laisse enlever par cette mère de substitution. Assis côte à côte, dans le Toyota bruyant, ils hurlent à tue-tête des chansons qu'ils inventent. N'importe quoi. Sans rime ni raison. Quand la fatigue et la nuit de mars les enveloppent, ils s'arrêtent n'importe où et dorment sur la plate-forme, sous la coque comme sous une tente, pelotonnés dans leurs sacs de couchage, après une petite soupe sur le réchaud à gaz. L'aventure et l'enfance sur les routes de France, sur des aires d'autoroute. Ils sont partis pour un long voyage. Nora, inépuisable conteuse. Nikos l'écoute. *Ambiance mythologique, à l'approche de la Grèce. L'histoire d'Hécate, justement, la déesse des carrefours. Postée au croisement de la route du ciel et de celle de l'enfer. On dit que c'est elle qui envoie aux mortels leurs terreurs nocturnes.* Nora prétend qu'elle est terrible, mais moi qui l'ai croisée à plusieurs reprises, je n'ai vu qu'une petite garce divine et instable. Après tout, « ici-bas », les dieux ne sont que les histoires qu'on raconte sur eux. « Terrible Hécate » donc, dont Nikos tente d'imaginer les trois têtes, lionne, chienne et jument, une horreur. Hécate suivie partout par ses chiens fantômes.

Avec de pareils récits, les kilomètres passent vite. Frontière italienne sans ennuis. On ralentit à peine. Toute l'Italie dans sa longueur. Et encore des autoroutes encombrées de camions. Route, route, route, Nora jamais fatiguée de conduire, jamais lasse de parler à l'enfant, jusqu'à Bari, et ses pétarades de vespas sur le marbre des places. Puis l'Adriatique, la traversée, et enfin la Grèce où on entre comme dans une mémoire froissée, un placard de l'âme longtemps fermé. La Grèce grise sous les bourrasques de fin mars. La Grèce silencieuse et morne des retours improvisés.

Moi, Raphaël, j'ai assisté à cette course absurde, à ses premières étapes, voyant à quelle vitesse Nora redevenait grecque, voulant absolument emmener Nikos à Dodone, lui faire entendre le murmure de Zeus dans le feuillage du grand chêne, lui faire placer l'oreille contre les fissures des murs millénaires et sacrés par où passe l'haleine glacée des morts et parfois leur murmure confus. Nikos, très appliqué, la tempe contre la pierre, demandant à Nora : « Mon père va peut-être me dire quelque chose. Sauf s'ils lui ont fait trop mal… »

Je les ai laissés au moment où ils approchaient d'Athènes. Nora avait son idée, évidemment. Les îles. Ses îles. Elle ne savait plus si elle y avait déjà emmené ce Nikos-là, dans un autrefois brumeux, ou s'il s'agissait d'un autre Nikos. Elle s'y perdait un peu.

Et puis d'un coup d'ailes, je suis revenu me bercer sur cette escarpolette, afin d'observer Mathias se débattre et se battre comme il pouvait avec les nouvelles circonstances.

4

Nuit dans un hôtel Mercure, près de l'aéroport. Mathias bien décidé à veiller Elsa (la surveiller ?) jusqu'à l'heure de l'avion. Elle ne fait que dormir. Restée en prison, elle serait parvenue à tenir le coup. Sur la défensive et sur les nerfs. Asphyxiée par l'air libre, elle cède à l'épuisement. Le lendemain, impossible de la réveiller. Leur vol est dans deux heures. Mathias la secoue. En vain. Il l'appelle, la secoue encore. Rien à faire. Tant pis, il la traîne sous la douche, la pousse sous l'eau froide. Elle se laisse faire, elle en a vu d'autres. Lui aussi. Quand elle parvient à émerger de sa brume, elle remarque qu'il a étalé sur l'un des lits jumeaux toutes les affaires récupérées au squat du bord du lac.

« Tiens, c'est à toi. Rien trouvé d'autre. On t'a volé ta valise, ton sac. Si tu as besoin d'autres fringues on les achètera dans les boutiques de l'aéroport. »

Elle se change sans pudeur et enfourne les frusques froissées dans son sac, hésite devant le bracelet rescapé, le vieux bracelet de Nora à qui Nikos l'avait sans doute dérobé par amour. Son regard croise celui de Mathias. Comment pourrait-elle passer son poignet dans cet anneau de métal qui a tellement roulé dans le temps et qui ne veut plus rien dire ? Pour personne.

Enregistrement. Vol sans histoires pour Athènes. À bord, Mathias rencontre deux collègues grecs, médecins humanitaires avec qui il s'est trouvé en mission quelques années auparavant. Ils lui parlent de la Grèce. De la situation de crise, de grèves permanentes, d'effondrement moral et physique d'une grande partie du peuple. Un pays étranglé.

« Tu sais que Médecins du Monde a ouvert des dispensaires à Athènes, à Thessalonique ? Pas pour des immigrés, des sans-papiers, mais pour les Grecs eux-mêmes, ceux qui n'ont plus les moyens de se soigner. L'humanitaire, ce n'est plus à l'autre bout du monde, mais chez nous ! On nous fait rentrer de Serbie, de Macédoine, pour soigner des compatriotes. On en est là. »

Pourtant, à l'arrivée à l'aéroport international, Eleftherios Venizelos, tout semble encore normal. Des galeries et salles d'embarquement rutilantes, éclatantes, des tapis de caoutchouc noir, roulant à perte de vue entre des sourires menaçants, des corps à demi nus à la santé provocante, des paysages de rêve. Une publicité Adidas dit : « Impossible is nothing. » La meute des taxis sous le ciel gris.

Métro luxueux lui aussi, mais dans les beaux

wagons, surtout à partir de Monastiraki, des centaines de gens vêtus de noir, très seuls, presque pas de regard au fond des orbites, des corps de Grecs, accrochés aux barres et poignées métalliques, et doucement ballottés, alourdis par un invisible fardeau, silencieux, résignés, ligne bleue, ligne verte, direction « Piraeus », le port, le grand port à moitié mort où on continue à charger et décharger des cargos pour des salaires de misère payés par des Chinois, ou à embarquer sur des ferries, pour les îles ou pour nulle part. Partout la même léthargie désespérante. Cette fois dans l'acidité du printemps, morosité et fatigue sont bien palpables.

Depuis la descente d'avion, Elsa s'est contentée de suivre Mathias sans bien chercher à comprendre dans quoi il a choisi de l'entraîner. Dans le vacarme des quais du Pirée, elle regarde autour d'elle, cligne des yeux dans le soleil encore timide, comme si la tête lui tournait. Puis, soudain, petite fille, elle s'émerveille du nombre et de la taille des bateaux. « Jamais vu ça ! » Des villes flottantes toutes blanches, cheminées fumantes, avec leurs noms magiques, *Apollon*, *Minerva*, à côté du nom des compagnies, Hellenic Seaways, Minoan Lines, et elle enrage de ne pouvoir lire tout ce qui est écrit en grec. Après le froid vif, en France, une douceur toute neuve, les yeux éblouis par tant de clarté, et partout des odeurs de goudron, de vase, de cordages mouillés, de gaz d'échappement, de pourriture. Les passerelles arrière sont des langues avec lesquelles les ferries gobent les semi-remorques comme des insectes.

Les matelots crient et font des gestes énervés. Le hurlement des sirènes déchire le ciel de plus en plus bleu tandis que les nuages s'en vont ouvrir la route vers le large.

« Oh ! regarde, un vieux bateau à voile ! » Elsa saute sur place et veut s'approcher du bord tandis qu'entre les monstres d'acier à l'ancre se glisse un trois-mâts très fin. « On va partir en mer ? On va embarquer ? »

On dirait que la perspective de monter à bord d'un bateau grec, de naviguer vers l'horizon et d'autres rivages l'excite davantage que le but de leur voyage. Elle n'oublie pas Nikos, mais elle a appris à faire face à ce qui lui arrive, dans l'instant présent. Elle semble oublier qu'ils se sont lancés dans une traque hasardeuse. Mathias finit par lui faire part de leur destination.

« On va d'abord à Syros, regarde, là, sur la carte : c'est cette île en forme de petite poire au milieu d'une sorte de couronne formée au nord par Andros, Tinos, Mykonos, au sud par Paros et Naxos, à l'ouest par Kythnos, Serifos, Sifnos. C'est une île assez particulière.

— Pourquoi celle-là ?

— Parce que c'est là que Nora est née, qu'elle a vécu enfant, et que c'est toujours par cette île natale qu'elle débute ses séjours.

— Comment tu le sais ?

— Elle m'y a emmené, il y a longtemps, elle y a emmené aussi plusieurs fois "Nikos son fils", et je pense que c'est là qu'elle désire conduire "Nikos ton fils". Mais d'autres îles comptent aussi beaucoup pour elle. Pour d'autres raisons. Tout un périple ! Un genre de pèlerinage. Quand elle revient dans son pays, elle éprouve le besoin de passer aux mêmes endroits, de prononcer les mêmes mots, de faire les mêmes gestes. De parler à des gens qu'elle ne connaît pas comme si elle les avait quittés la veille. La religion, dans ce pays, c'est plutôt une question de rituel ! Nora a son rituel personnel. Sa religion à elle, depuis toujours. La mer, le vent, les couleurs. Les dieux lui racontent des histoires dans le creux de l'oreille dès qu'elle est de retour. Des dieux qu'elle sait reconnaître du premier coup d'œil, même lorsqu'ils se font discrets, assis dans des cafés ou accoudés au bastingage des bateaux grecs. Car, ici, ils sont partout, les dieux.

— Tu te fous de moi, non ? Enfin, pourquoi pas ? Je me demande surtout comment elle faisait pour vivre, là-bas, chez vous, à Nancey ? Votre lac, c'est rien, à côté de cette mer. Et cette forêt humide, tellement sombre autour de votre maison. J'avais froid en prison, mais c'était à cause de cet air des forêts qui descendait des montagnes, soufflait sur le lac, passait à travers les barreaux de ma cage. »

*

J'ai rejoint sans tarder ces deux-là, au bord de la mer Égée. « Tu as bien besoin de vacances, Raphaël, me suis-je dit. *De vacances actives, cela va de soi.* » Alors j'écoute leur conversation. *La fille, à peine sortie de prison, est plutôt exaltée. Lui plutôt préoccupé. Je me glisse à bord du ferry, juste derrière eux, sans bruit, sans billet, sans être vu, comme un ange à l'ancienne dans ce pays dont les divinités sont restées plus jeunes et fraîches que partout ailleurs. Sur le pont, longues heures de grand calme passées à attendre que Syros soit en vue. Elsa, bien que transie de froid, refuse de quitter le pont. Aux aguets. Elle observe les tankers gigantesques que le ferry dépasse, guette le moindre rivage, la pointe rocailleuse de l'île de Kéa, le sillage argenté qui va s'élargissant et le troupeau dispersé des moutons par bonne brise.*

Mathias somnole à l'intérieur. Je remarque qu'il est resté whisky plutôt qu'ouzo. Très seul. Cette fille à laquelle il est lié, à présent, est déroutante. Elle l'attire pour des raisons assez troubles, mais je vois bien qu'il s'en méfie (comme de lui-même). Il sait qu'il joue une partie risquée en s'aventurant dans cet éternel présent magique de la Grèce, auquel Nora, vingt ans plus tôt, avait voulu l'initier. Le présent des îles. La lumière des îles. Des roches beiges tombant à la verticale dans la mer transparente. Des villages blancs perchés dans la poussière. On raconte qu'Égée, voyant les voiles noires de la flotte athénienne, avait cru que son fils Thésée, parti tuer le Minotaure, avait péri. De désespoir d'avoir perdu un enfant, il s'était jeté dans cette mer et on dit que, depuis ce jour funeste, toutes les îles sont les restes de son corps. Et c'est sur cette mer que nous naviguons tous, même si Nora a de l'avance sur ses deux poursuivants. Déambulant sur le pont moi aussi, je me perds dans une longue rêverie. Peu d'endroits où le ciel et la terre soient aussi près l'un de l'autre. Grand va-et-vient divin. Au bar surtout. La transparence comme un espoir très léger. Voilà…

5

Le ferry contourne l'île par le nord et s'apprête à accoster à Ermoúpolis. Arrivée à grande vitesse. L'arrière du bateau est béant bien avant d'avoir atteint le quai. Précipitation générale. Les hommes d'équipage lancent le filin muni d'une boule de cuir aux hommes du quai qui récupèrent les amarres. Quelques minutes suffisent. Débarquement, cris, véhicules vrombissant, piétons. Et déjà le bateau repart, s'éloigne vers d'autres îles, disparaît. De loin, Elsa est frappée par la vue des deux collines sur lesquelles s'étale la ville que baigne la clarté d'un printemps fragile. Mathias lui fait remarquer qu'on dirait deux mamelles, dont les tétons seraient les églises au dôme turquoise. Le corps d'une géante émergeant de la mer, seins à l'air.

« Alors c'est ici qu'on va les trouver ?

— Pas sûr, nous avons du retard. »

Presque trois semaines plus tôt, Nora et Nikos gravissaient les centaines de marches des escaliers de pierre, le long des ruelles en pente d'Ermoúpolis. Degrés d'enfance. Vieux vertiges essoufflés. Courants d'air, bouffées de tiédeur énervantes sur les îles. L'enfant était fatigué, boudeur. Son nez coulait, il reniflait en traînant les pieds. Nora voulait tout voir, tout revoir, tout montrer à Nikos qui ne regardait rien, n'écoutait plus. L'ancienne maison de la famille Krisakis, haut perchée, désormais à moitié écroulée et recouverte de vigne sauvage. « Ici… Quand j'étais petite… ma chambre… Tu vois… » Mais l'enfant ne voyait qu'un rectangle évidé donnant sur le ciel, des herbes jaunes, des fils de fer rouillés et des ordures sur la terrasse. Persuadée que quelques habitants invisibles allaient la reconnaître, Nora se glissait sous les eucalyptus, passait entre de grands draps durcis par la poussière et soulevés par le vent. Elle imaginait des pupilles au fond des fissures des murs, des robes noires, furtives, à l'angle de la rue. Quartier désert. Rien à retrouver. Les souvenirs comme des fientes d'oiseau sur les dalles disjointes. Tout en bas, les cubes des petites maisons avaient roulé tels des dés jusqu'au rivage où les grues des chantiers navals tournaient lentement au-dessus de tankers en cale sèche. Quand Nora avait six ans, ces chantiers où travaillait son père étaient un monde de vacarmes et de prodiges. Un enfer captivant. Un monde d'hommes rudes maniant le feu, tordant le fer. Ce n'était désormais plus qu'un bout de presqu'île, cernée par des vaguelettes paresseuses.

Comme Nikos avait très soif, Nora avait fini par trouver, plus loin, dans la ruelle, une taverne obscure où se reposer un moment. Pendant qu'il se désaltérait sans dire un mot, elle s'était mise à esquisser rêveusement des formes avec un gros crayon noir sur les pages d'un carnet. Quoi exactement ? Des poissons difformes, des poulpes, des méduses… Entre les lignes ondulantes et grossières de courants sous-marins.

« Qu'est-ce que tu dessines ?

— Rien, je ne sais pas. Ce qu'il y a sous l'eau. »

Puis, elle avait arraché et froissé le papier. Posé le dessin en boulette sur la table.

Mathias prend évidemment le même chemin vers les sommets de la ville. Il sait retrouver le quartier perdu où Nora l'a conduit rituellement lors de lointains voyages. La maison familiale, à tout hasard. Mais rien. Elsa aussi est fatiguée, perplexe. Lorsqu'ils entrent dans la même taverne, étroit couloir qui se perd dans le noir, il insiste lui aussi pour qu'Elsa se repose en dépit de cette lancinante musique grecque, grinçante et saccadée, spécialement conçue pour les sourds… Fixé par des punaises à un pilier de bois noirci, il aperçoit le dessin représentant des bêtes sousmarines. Quelqu'un a défroissé la page et l'a placardée là, entre des articles de journaux jaunis, un calendrier vieux de plusieurs années, un miroir moucheté de brun, des fleurs en plastique et un petit personnage Playmobil pendu par le cou. Il approche son visage du poisson noir, du poulpe, de la méduse. Nora est passée par là !

Près de lui, Elsa soupire.

« Et maintenant ? »

Après ce pauvre pèlerinage, elle aura décidé de quitter l'île, c'est le plus probable. Aléatoire, la poursuite continue.

C'est le soir même, à l'hôtel Paradis, que Mathias est brusquement submergé par une vague d'absurdité. Sentiment de l'inanité légèrement ridicule de ce qu'il est en train de faire. Pourquoi s'est-il encombré de cette jeune femme à l'humeur changeante, aux gestes brutaux, de cette mère paumée qui paraît en définitive s'accommoder de savoir son fils avec une autre ? Pourquoi cette poursuite d'une femme, avec laquelle il a vécu vingt longues années, et qui ne l'a peut-être jamais aimé ? Instants de désarroi, au cours desquels non seulement votre corps, mais tout ce que vous pouvez percevoir ou penser se met à flotter comme une baudruche sur une mare de temps stagnant, de temps mort. La fameuse question « Qu'est-ce que je fous là ? » vous semble alors métaphysiquement plus fondamentale que « Pourquoi y a-t-il quelque chose plutôt que rien ? ». Un vertige morne.

Elsa, allongée tout habillée, chaussures aux pieds, sur l'un des lits jumeaux, achève sa troisième cigarette dont elle écrase le mégot au fond du tiroir de la table de nuit. Des nappes de fumée au-dessus de l'abat-jour rouge. Mathias n'a pas envisagé, même une seconde, de leur prendre une chambre chacun. Il a connu tant de promiscuités ambiguës, tant de pièces étroites dans lesquelles femmes et hommes, se connaissant à peine, s'entassaient provisoirement pour de mauvaises nuits, au fil de missions lointaines, qu'il n'éprouve aucune gêne. D'ailleurs, Elsa a l'air de s'en arranger. Mais soudain cette présence lui pèse. Il voudrait être seul, allongé, les mains derrière la nuque, afin de réfléchir, mais il sent bien que d'une seconde à l'autre, s'il en juge d'après ses soupirs à fendre l'âme, Elsa va lui faire part de son impatience et exiger de savoir comment ils vont s'y prendre pour retrouver son petit et… la voleuse d'enfant !

Au lieu de cela, elle se lève d'un bond et disparaît sous la douche. Après la prison, et une existence plutôt chaotique, elle n'a guère de pudeur, elle non plus. Toujours à la fois anxieuse et provocatrice, elle va et vient, à demi nue, la peau couverte de gouttelettes qui se tortillent le long de son tatouage, une serviette éponge autour des hanches. Encore une cigarette. Tandis que Mathias a fermé les yeux, qu'il est parvenu à l'oublier, elle vient s'asseoir près de lui, au bord du lit, les coudes posés sur ses cuisses. Elle lui souffle la fumée sur le visage et attend qu'il la regarde à son tour.

« Tu peux me baiser si tu veux… »

Il ne bouge pas. Il est aveugle. Sourd.

« Tu m'entends ? Tu sais, à la maison d'arrêt, avec les filles, il s'en passait de belles. Moi, je fai-

sais comme les autres. Mais je ne sentais rien. Tu
dors ? »

Elle pose ses doigts jaunis sur la poitrine de
l'homme aux yeux clos. Lui, il connaît avec préci-
sion la mécanique des gestes qui pourraient
suivre, la danse des membres, des lèvres, tout le
cinéma sensuel. Toujours pareil. La bibine de
nouvelles caresses dans la vieille outre du corps
vieilli. Car il se sent infiniment vieux, soudain.
C'est la première fois que ça l'enveloppe à ce
point et lui serre la poitrine. Il vient de réaliser
qu'Elsa a l'âge qu'avait Nora lors de leur première rencontre. Une coïncidence qui l'accable.
« La répétition a toujours un goût de cendre. »
Repensant à son ultime ascension, falaise et
malaise, il est pris d'un désir de chute, de perte
d'équilibre. Derrière ses paupières toujours
closes, il tombe. Pas du tout amoureux, mais
comme un noyé, à reculons. Pas la force d'ouvrir
les yeux.

Il pose sa paume sur l'épaule osseuse d'Elsa
et la fait s'allonger contre lui. Calmement.
Chastement. Sans effort. Rêvant qu'elle rede-
vienne un bébé fille au parfum de femme.

*

*Bon, je ne suis pas le genre d'ange à pénétrer dans
les alcôves. Qu'ils fassent ce qu'ils veulent dans leur
chambre d'hôtel. De toute façon, je ne contrôle plus rien.
La situation m'échappe. Alors je hante les couloirs. J'ai
des goûts de veilleur de nuit. Si mon médiocre royaume*

est désormais de ce monde, je vais leur ressembler chaque jour un peu plus. La faiblesse et l'égarement des mortels finissent par avoir quelque chose de sublime. Vu du ciel, ce sublime n'était pas très apparent. Les Immortels ne daignaient pas le voir. Pauvre toubib ! Malheureuse Elsa Pietri ! Sublimes et immobiles sur un lit trop étroit.

Je trouve tout de même qu'il serait dommage que mon plan échoue. Certes, je me dis que j'aurais pu saupoudrer davantage de « mieux » dans la tristesse générale. Je crains qu'il n'y ait plus grand-chose à faire. Il est deux heures du matin. Je suis assis dans l'obscurité, dans le canapé près de la réception de l'hôtel silencieux.

Demain, il fera jour.

6

« Allez, en route ! » Mathias annonce à Elsa qu'ils vont changer d'île, changer d'air. À l'heure qu'il est, inutile de parcourir à petite vitesse les routes poussiéreuses de Syros. L'enfant et la kidnappeuse se sont à coup sûr envolés. Prochain objectif : Folegandros.

Nikos était de plus en plus taciturne et se fatiguait vite. À plusieurs reprises, d'une voix d'enfant un peu plaintive, il avait demandé : « Quand est-ce qu'on rentre ? », « Est-ce que maman va bientôt sortir de la prison ? ». Nora faisait la sourde oreille. Lorsqu'ils avaient embarqué pour Folegandros, et s'étaient installés sur le pont, le petit avait refusé d'écouter une nouvelle histoire mythologique. Nora avait insisté : « Tu verras, celle-ci va te plaire. Il faut que je te la raconte parce que ici, en Grèce, le printemps commence : tout change, partout, très vite. Tu vois toutes ces petites fleurs, sur la terre pelée des îles, ça arrive d'un coup. Un matin, on les découvre, si petites, jaunes, blanches, à peine roses.

— Bon, c'est quoi ton histoire ?

— Une fille nommée Perséphone, très belle, qui joue avec d'autres filles près du rivage, dans une île comme celle que tu vois là, devant nous.

— Et alors ?

— Un jour, alors qu'elle cueille des narcisses, justement, elle est enlevée par Hadès.

— Qui c'est ?

— Je t'en ai déjà parlé… Le maître des enfers ! Il règne sur le royaume des morts. Alors, Perséphone crie de façon déchirante, mais sa maman, qui s'appelle Déméter, arrive trop tard et va passer son temps à essayer de retrouver sa fille.

— Qui est morte ?

— Qui est "chez" les morts. Donc morte et pas morte.

— Et après ? »

Nikos avait fini par se laisser captiver. Comme il l'avait été par tous les récits précédents qui, dans ce pays, sortent de la moindre fissure de roche, du tronc des chênes ou des oliviers, légendes qui sautent hors de l'eau comme des dauphins. Déjà, il se demandait comment ils allaient dessiner le royaume des morts.

« Déméter, furieuse, s'en remet à Zeus, qui décide de ne mécontenter ni Hadès, ni la maman de Perséphone. Il rend son jugement : la fille restera six mois aux enfers avec son époux, pendant l'automne et l'hiver, et six mois chez sa mère, au printemps et en été. Eh bien, quand elle revient, c'est elle qui fait tout refleurir. La nature renaît. Les graines éclatent.

— Alors elle vient juste de remonter.

— Oui, tu vas voir, il va faire de plus en plus beau. Chaque jour plus chaud. La lumière plus belle. Attends encore un peu. »

Pourtant, sous leurs yeux, la mer grecque était encore bien glauque et pleine de déchirures. Le ciel encore lourd du plomb des nuages. Une pluie fine ruisselait sur les vitres de la salle commune du ferry. Pour Nora, Folegandros, où ils arrivaient, était l'île de la mort. Une minuscule parcelle des enfers flottant sur la mer Égée. Pas assez d'eau, même pour ses habitants. Des bords taillés à la hache. Au sommet de toute cette stérilité, les bicoques blanches serrées les unes contre les autres, comme des moutons qui sentent qu'on va les égorger. Une beauté vaguement inhumaine. Des falaises à couper le souffle. C'était là que le père de Nora avait été détenu, deux fois, sous le régime des colonels, dans une sorte de bagne dont il était impossible de s'évader. Là qu'il était mort. Là qu'était sa sépulture et c'est sur cette tombe qu'elle comptait se rendre avec l'enfant.

Ils avaient débarqué vers le soir, avec leur maigre bagage. Ils s'étaient assis sur un muret, tout en bas de l'île, pour attendre le vieil autocar poussiéreux qui les conduirait au village perché tout là-haut, posé sur la roche stérile, et où se trouvait le cimetière. Les rares passagers descendus du ferry en même temps qu'eux s'étaient dispersés. La pluie avait cessé. Le soleil parvenait à percer les nuages. Premiers rayons dorés à travers le coton noir.

« Regarde, un arc-en-ciel », avait crié Nikos.

Un grand arc de toutes les couleurs s'était résolument posé sur les choses. Il jaillissait entre les gouttelettes comme un toboggan permettant de descendre du ciel. Contrastant avec la blancheur des maisons et les rocs ternes de la côte, il était un rappel miraculeux des couleurs. Nikos était fasciné par le phénomène, la netteté et l'apparence palpable de ce qui, pourtant, n'existait pas. Un arc-en-ciel ! Et soudain, comme Nora l'avait prédit, tout était devenu bleu. Le ciel et la mer. Tout s'illuminait. L'île de Folegandros semblait voguer plus vite que n'importe quel bateau grec.

Bientôt, précédé par des rugissements infernaux, l'autocar vétuste qui faisait la navette entre le port et le centre perché de l'île avait fait son apparition. Une jeune fille, chargée d'un sac à dos, était venue s'asseoir près d'eux sur le petit mur. D'où sortait-elle ? Elle monta dans l'autocar, elle aussi. Le conducteur buriné et blanchi prit leurs pièces de monnaie sans dire un mot. Avec la fille, ils étaient les trois seuls passagers du véhicule qui commençait à gravir la route en lacets. Nora engagea la conversation avec la voyageuse, qui avait des cheveux blonds très fins et une longue écharpe moirée que le courant d'air faisait voleter devant son visage. Elle parlait un mélange de grec, d'anglais et même de français avec un accent prononcé. Elle parcourait la Grèce des îles. Prenait des notes sur des cahiers. Déjà plus de trente-deux îles à son actif. Nikos, en dépit des trépidations, s'était allongé sur deux sièges et endormi. Nora racontait l'histoire des prisonniers politiques de Folegandros, des intellectuels, des syndicalistes comme son père. Leur souffrance humaine au milieu de toute cette splendeur divine. La fille, qui s'appelait Iris, se montrait particulièrement intéressée.

Quand ils étaient descendus, tous les trois, sur la petite place, entre les échoppes et les cafés dont toutes les tables et les chaises étaient installées dehors, sous les eucalyptus, on aurait juré qu'ils voyageaient ensemble depuis des semaines. Le soleil était violent tout à coup, et étonnamment chaud. Les murs orientés à l'ouest éblouissants comme des miroirs. En pleine lumière, les femmes esquissaient cette grimace qui ressemble à un sourire, les mains en visière au-dessus des yeux. Iris mit son voile sur sa tête.

Plus tard, Nora, Iris et Nikos étaient montés à pied jusqu'au cimetière. Une étroite voie qui grimpe encore à travers le village et conduit en zigzaguant au grand monastère blanc qui domine le paysage, surplombe la mer. C'était là qu'étaient les tombes, à l'ombre de quelques arbres rabougris. En montant, Nora et Nikos avaient confectionné un pauvre bouquet d'ombelles, de chardons et d'euphorbes. Les morts, allongés sous le marbre, la tête au couchant, les pieds au levant, face au bleu de la mer, dans le craquement des pins et le pépiement de milliers de moineaux.

Dans le silence du soir, le vent portait jusqu'à eux les cris lointains de jeunes garçons jouant au football, sur un terrain de fortune. Les morts, dont la photo était reproduite sur des plaques de céramique, regardaient leurs visiteurs avec un sourire un peu gêné. Les deux femmes et l'enfant. Le ciel et la terre. Nora continuait donc son pèlerinage. Elle avait abandonné le bouquet sur la pierre tombale d'un père dont elle ne se souvenait plus très bien.

Mathias et Elsa, eux aussi sous le ciel bleu. Lente approche du futur été grec. À l'abri, on a presque trop chaud ; mais dans les espaces découverts, le vent reste vif et frais. Les voilà dans le vieux cimetière de Folegandros. Mathias découvre le bouquet. « Nora est donc passée par là ! » Il sent sa présence dans le vent, son ombre sur la pierre. Elsa n'est plus du tout impatiente. On dirait qu'elle s'est faite au voyage, installée dans le mouvement. Ses gestes sont moins brusques, ses propos moins durs. Elle accepte que Mathias dirige cette quête absurde dont le but n'est ni lointain ni proche, mais flou, enfoui derrière l'horizon. Leurs corps ont trouvé, pour voyager ensemble, la bonne distance. Ni père et fille. Ni amants. Ni amis. Ils vont.

Le soir, attablé à la terrasse d'un restaurant, alors qu'ils achèvent leur troisième bouteille de vin résiné, Mathias patauge à nouveau dans sa nouvelle mélancolie. « Et si ça n'en finissait jamais ? » se demande-t-il. S'il ne retrouvait jamais Nora ? Si tout se ramenait à une errance interminable et vaine ? Non pas de plus en plus loin, mais de plus en plus nulle part ? Et si la Grèce n'était pas la Grèce mais une région étrange où terre et ciel se rejoignent sans toutefois se confondre ? Mortels et immortels. Bonheur et malheur. Misère et splendeur. Ces îles éparpillées. Une sorte de cliché géographique et touristique inentamable. Des visions superbes se dévorant elles-mêmes. Partout, ces chaises bleues au siège de paille, ces volets bleus, ces chats errants pelés et rachitiques se glissant furtivement derrière des pots de basilic opulent, ces dalles grises soulignées de traits blancs, ces compteurs électriques gris rouillés dont s'échappent des fils sauvages, ces tamaris, ces bougainvillées, cette eau transparente, ces saveurs d'aubergine farcie et de viande de mouton, et l'âpreté de ce vin glacé sur la langue, et cet anglais approximatif et international qui permet à l'étranger d'obtenir sa pitance de nomade, la bière Mythos, le café frappé, l'ouzo jusqu'à l'écœurement, le grand ennui des Grecs condamnés à leur propre musique lancinante et acide. Pas l'enfer ! Rien de paradisiaque non plus, mais un vaste « entre-deux » où l'on pourrait tourner en rond à jamais, pense Mathias, les yeux ouverts dans les ténèbres confuses tandis qu'Elsa dort à poings fermés.

*

Qui suis-je ? Le gardien de cet homme ? Celui de son épouse ? D'ailleurs, à quoi bon protéger un homme ? Et de quoi ? Plus je me fais terrien, plus je doute. C'est toute la différence. L'indécis, l'incertain, l'inattendu. La source de troubles réjouissances très humaines, dont je n'avais aucune idée lorsque je m'accoudais à la balustrade de mon balcon céleste. À Folegandros, j'ai beaucoup aimé la scène du cimetière. Nora, l'enfant, le bouquet, le marbre, et, légèrement en retrait, cette Iris que j'ai déjà rencontrée.

Il y avait cette clarté du soir, des bruits de bestioles et de jeunes gens, le chuintement de la houle et du vent. Personne n'avait besoin de rien. L'instant se suffisait à lui-même. Alors ? À quoi bon leur apporter ce qu'on prend, vu du ciel, pour de la félicité, alors que de menus détails terrestres peuvent combler leur âme. Le temps qui passe, le temps suspendu, l'instant ouvert comme un fruit me semblent tout à coup préférables à l'éternité. Le monde grec est étroit. Je ne cesse d'aller et venir entre Nora et Mathias qui se rapprochent l'un de l'autre. Mes efforts peuvent-ils accélérer leurs retrouvailles ? Le programme s'effectue tout seul. Sur fond de répétition. « Répétition au goût de cendre », comme on dit. Et de miel, aussi ? Qui sait ? Patience…

7

Dès qu'ils accostent à Sifnos, la vieille île de l'or et de l'esprit, avec ses chemins protégés par des murs de pierres sèches, Mathias tente de reconnaître les lieux où il est venu des années plus tôt. À dix-sept ans, c'était là que Nora venait peindre, lorsqu'elle prenait le bateau comme ailleurs on prend l'autobus, quels que soient l'humeur de la mer et l'état du ciel.

Il se fait vite une idée. Nora est-elle passée par là ? Debout en plein vent, il se tient immobile. Au pied du phare de Cheronissos. À la terrasse d'un café, sur la place de Kamares. Il la sent toute proche. Doit-il l'attendre ici ou la chercher un peu plus loin sur l'île ? Elsa le laisse à ses supputations et va marcher au hasard, les mains dans les poches, continuant à s'étonner de tout ce qu'elle découvre. Lorsque, malgré tout, elle s'impatiente, Mathias s'efforce de l'apaiser.

« Je te demande de me faire confiance, quelques jours encore… »

Il lui a remis une somme d'argent importante

en dollars. Suffisante, au cas où il lui chanterait de le quitter, pour se débrouiller toute seule, ou rentrer en France, pourquoi pas ?

Une fois, il l'avait attendue plusieurs heures, persuadé qu'elle s'était sauvée, qu'elle avait cessé de croire à cette odyssée absurde. Elle était réapparue, sans explications, prétextant qu'elle avait « cherché des clopes ». Une autre fois, elle était partie en courant pour rattraper une passante qui s'en allait en compagnie d'un petit garçon. Elle criait « Nikos, Nikos ! » jusqu'à ce que deux visages inconnus se retournent. Enfin, un jour, elle avait volé des jouets dans un magasin de souvenirs, un dauphin mauve muni d'un anneau porte-clefs, et un petit bateau de bois peint à la main. Lorsque Mathias lui avait fait remarquer qu'elle aurait tout de même pu payer de pareilles bricoles, afin d'éviter les ennuis, elle avait répondu qu'elle les destinait à son fils et que, pour que ce soit un « vrai cadeau » de sa part, il fallait… qu'elle les fauche !

Après un tour rapide du nord de l'île, ils arrivent à Faros au moment où la lumière décline. Dès que le soleil de début avril a disparu, un air froid souffle dans les ruelles. Le port est désert. Les terrasses des tavernes qui, l'été, débordent de consommateurs ne sont plus qu'un empilement de chaises. Ils trouvent une chambre au-dessus de l'unique restaurant auquel les derniers pêcheurs de l'endroit vendent un peu de poisson. Mis à part une dizaine de types tous assis au fond, près du bar, et quelques femmes qui parlent fort dans la cuisine, ils sont les seuls clients, les seuls étrangers en tout cas.

Soudain un immense bonhomme pénètre dans la salle. Une sorte de géant que précède sa bedaine imposante, épaisse barbe grise, des mains comme des battoirs, des cheveux argentés tirés en arrière et rassemblés en un gros chignon, et… une soutane douteuse. C'est un pope. Il salue l'assemblée. Tout le monde paraissait l'attendre. Découvrant qu'Elsa et Mathias sont français, il leur claironne, en passant, un « Bon appétit, mes amis » dans leur langue tandis que les hommes font cercle autour de lui et que les femmes sortent de la cuisine.

Le pope, que tout le monde appelle Georgios, se lance alors dans un récit qu'il accompagne de grands gestes dont les étrangers sont d'emblée exclus. D'autres habitants du village sont entrés à sa suite et écoutent. Mathias, qui ne parle pas le grec, comprend qu'il relate des exploits remarquables, comme un guerrier de retour de la bataille. Il gronde, crie, menace tout en frappant de ses poings un ennemi invisible qu'il fait mine d'étrangler, de défoncer à coups d'épaule, de piétiner avant de l'écraser du talon. Son public émet des « ah ! », des « oh ! » avec des mines apeurées, admiratives ou vengeresses. Quand la victoire paraît acquise, tous les gens du pays ont l'air satisfaits. Certains spectateurs applaudissent, les femmes se signent et s'embrassent.

Le pope reprend son souffle, s'affale sur une chaise devant la table d'Elsa et de Mathias qui n'ont pas la moindre idée de l'épopée qui vient d'être contée. Georgios éclate de rire, les prend en pitié et s'adresse à nouveau à eux en français de sa voix grave dans laquelle les «r» roulent comme des rocs sur une pente.

«Bienvenue au pays de toutes les croyances et superstitions, m'sieur dame. Sachez seulement que cet après-midi, à la demande de mes fidèles, bénis soient-ils, j'ai été contraint de me livrer à une séance d'exorcisme! Vous avez bien entendu, d'ex-or-cisme! Tout le monde ici est persuadé que je suis le seul à détenir les formules, et la force suffisante, pour chasser le Malin! Là où ils ont cru le voir. J'arrive de chez une pauvre fille, un peu simple d'esprit, qu'ils prenaient pour une «possédée». Depuis longtemps déjà, ils la maudissaient, crachaient sur son passage. Pauvre gosse! Je l'ai vue naître... Les gens sont mauvais, dans ces cas-là. C'est pourquoi je leur ai dit que j'allais chasser la Bête maléfique, délivrer cette malheureuse. Ils aiment que la lutte soit âpre. Le combat épique. Voilà ce que je leur ai raconté.

— À l'heure qu'il est, demande Mathias, votre possédée, enfin... votre protégée va sûrement déjà beaucoup mieux?

— Bien sûr! D'ailleurs, tout le village se sent mieux. Vous savez, ici, dans nos îles, surtout l'hiver, avec la mer mauvaise, le ciel gris, Dieu paraît souvent si lointain que les braves gens préfèrent chasser le mal avec de vieilles recettes. Les prières prennent trop de temps pour des résultats bien minces. Je ne suis qu'un modeste religieux : je veille seulement à ce qu'ils ne s'égarent pas complètement. À présent, ils boivent. Ils bavardent. Les voilà tranquillisés. »

Mathias commande une autre bouteille de vin.

« Venez donc demain au monastère. C'est tout près d'ici. Il vous suffit de longer le sentier le long de la crique, de dépasser la plage avec les deux tavernes, et au bout du cap vous verrez où se trouve mon paradis à moi ! Oh la la ! il ne faut pas que je blasphème à mon tour ! Disons "un avant-goût du paradis" ! »

Mathias garde un souvenir assez marquant du lieu. C'est l'endroit le plus au sud de l'île de Sifnos. Il pensait s'y rendre en dernier. Dans sa mémoire, le bâtiment blanc flotte dans une atmosphère étrange de bout du monde. Nora lui avait fait découvrir cette ultime terrasse sur la mer Égée, avec son ancien parapet cent fois passé à la chaux, et auquel on peut s'accouder, les yeux noyés dans la lumière sans pouvoir bouger, disait-elle, ni penser, ni repartir.

« Venez tôt, propose Georgios. Je suis le seul religieux sur place. Je sonne les cloches et, dès que le soleil se lève, avant le premier office, je descends nager un moment en dessous du monastère. Oui, il y a une petite plage, et quelle que soit la température de la mer, je nage. Mon baptême quotidien ! Je n'ai jamais froid : l'Esprit Saint me protège ! » Avant d'ajouter en frictionnant vigoureusement sa bedaine : « Hum, une bonne épaisseur d'Esprit Saint… »

Fatiguée, Elsa s'est retirée. Les prêtres, a-t-elle dit à Mathias, l'exaspèrent. Les popes et tous les autres, « des hypocrites ! des faux jetons ! », et on peut dire que ça les arrange bien qu'il y ait des pauvres filles possédées du démon, non ?

Resté seul en compagnie de Georgios et d'une autre bouteille, Mathias se surprend à lui demander s'il n'a pas aperçu Nora et l'enfant. Il pressent qu'il touche au but, et que ce pope truculent doit savoir bien des choses.

« Si vous venez demain, monsieur, je vous dirai ce que je sais. Venez dès l'aube, c'est le meilleur moment. »

8

Aux premières lueurs du jour, Mathias marche sur le sentier rocheux. Le ciel est encore pâle. De la mer couleur de nacre, le soleil surgit d'un coup, bloc rouge, ruisselant. Tandis que les noirs résistent encore à la lumière dans les plis du décor, les blancs rosissent. La tiédeur gagne. Elsa a refusé de venir avec lui. Décidément, ce pope ne lui dit rien qui vaille. Elle s'en méfie. Elle a seulement promis qu'elle viendrait plus tard, si elle en trouve la force, si elle parvient à y croire encore.

Tandis qu'il passe sous la dentelle des tamaris qui bordent la plage, devant les tavernes encore silencieuses, Mathias entend les cloches carillonner en battements désordonnés. Soudain, au bout du cap, il aperçoit l'église blanche, ses murs immaculés, sa coupole bleu ciel et l'escalier qui descend vers un petit embarcadère où deux bateaux sont amarrés. Toujours ce carillon surexcité.

Le monastère, sur lequel frappent les premiers rayons, donne l'impression de flotter dans l'ombre brumeuse. Les cloches se sont tues. Mathias fait le tour de la baie dans un silence de commencement du monde. Quand il atteint la plage située sous les murs de l'édifice, Mathias s'assoit sur le sable et regarde la mer. Au bord de l'eau un tas de vêtements, une serviette éponge. Là-bas, cette forme ronde qui flotte comme un ballon dans le creux des vagues, c'est la tête du pope. Le battement régulier de ses bras. Un saint crawl matinal. Puis le nageur revient vers le rivage, reprend pied, et c'est un colosse entièrement nu, dégoulinant, qui surgit de l'onde, le chignon défait, les cheveux plaqués sur les épaules, la barbe gonflée par l'eau salée. Le pope est un géant, chair, muscles, graisse, poils, sexe ballottant, qui fait à Mathias un sourire de toutes ses dents en s'ébrouant comme un chien. Puis, drapé à l'antique, la peau écarlate, il s'affale en soufflant à côté de celui qu'il a invité la veille à le rejoindre en lui laissant espérer… une petite révélation.

D'abord, ils ne se disent rien. Épaule contre épaule. Les yeux à l'horizon. Le temps passe. Le matin s'installe. Mathias retrouve une vieille phrase qu'il mastique rêveusement : « Il faut savoir redresser l'instant dans son propre présent. » Ce qui veut dire ? Pas le temps de chercher : le pope Georgios, la voix rendue plus rocailleuse encore par le bain froid, prend le premier la parole :

« Vous avez bien fait de venir. Vous voyez cette maison, là-haut, à mi-hauteur de la colline,

enfouie dans les figuiers de Barbarie ? Oui, derrière ces murs effondrés. Eh bien, c'est là, monsieur, que vous trouverez la femme que vous
m'avez décrite hier. Avec l'enfant. Je le sais
parce que c'est moi qui loue la maison. Oh ! Pas
cher… C'est l'autre femme, la plus jeune, qui
est venue me voir et a insisté pour que je leur
trouve un gîte par ici.

— L'autre femme ?

— Oui, vous verrez… Je les ai vus arriver tous
les trois. L'autocar passe tous les deux jours. La
femme dont vous me parliez voulait, disait-elle,
revoir le monastère. Je l'ai laissée rester autant
qu'elle voulait. Mais allez d'abord voir si c'est
bien celle que vous cherchez.

— Merci de votre aide. J'y vais.

— Attendez encore un peu. D'ailleurs, voici la
jeune femme dont je vous parlais. Elle vient vers
nous. Elle aussi vient chaque matin se baigner
dans la mer. Tout ce bleu, comment résister ? »

Sur la pente, derrière la plage, une silhouette
vêtue de clair dévale les larges marches dallées du
chemin. Courte robe mais voile sur la tête. Dès
qu'elle a atteint la plage, le pope lui crie quelque
chose dans la brise, « Είστε αργά, παιδί μου, η
βάφτηση δεν αναμένει », « Vous êtes en retard, mon
enfant ! Le baptême n'attend pas… », mais, au
lieu de venir vers eux, elle bifurque et, avec un
sourire désolé, fait signe qu'elle n'entend pas.

Elle disparaît derrière un rocher, réapparaît,
entièrement nue elle aussi, et, sans pudeur, se
jette à l'eau la tête la première. Pendant que cette

fille nage sous l'eau, invisible, Mathias remarque que de l'autre côté, sur le sentier de Faros, Elsa, à pas lents, est en chemin pour les rejoindre. Qu'a-t-elle deviné ? Elle approche, les mains dans les poches. Farouche ou méfiante, elle reste à bonne distance, sur le promontoire ; puis elle s'assoit sur le parapet, jambes pendantes, et les observe de loin.

Bientôt la naïade est de retour. Elle s'est rhabillée. Sa robe légère lui colle à la peau, ses cheveux sont trempés. Elle s'approche pour saluer Georgios et son compagnon inconnu toujours assis sur le sable. Elle se tient bien droite au-dessus d'eux, offerte au soleil de plus en plus chaud. Ses yeux pleins d'une sorte de poussière dorée.

« This man is looking for a lady and a child. After a long journey… », explique le pope, dans un anglais approximatif.

Iris hoche la tête, comme si elle savait, comme si rien ne pouvait la surprendre, comme si elle attendait ce moment. Elle serre ses bras autour de son buste, en faisant des dessins sur le sable avec la pointe de l'orteil.

« The mother of the child is with me, I mean his *real* mother, you know ? Look, she is sitting there, near the church… She has not seen him for a long time. It is not easy… », dit Mathias qui se croit obligé à son tour d'expliquer la situation dans son propre mauvais anglais.

« Alors attendez-moi ici, je vais aller chercher l'enfant », dit Iris en français, puis elle s'incline devant le pope et s'en va.

Mathias se lève d'un bond :

« Je viens avec vous. »

Elle marche vite, sans se retourner. Il court presque derrière elle. Sur les pierres du chemin, les ombres commencent à raccourcir. Une odeur d'eucalyptus et de figuier. Lorsque la maison, qui de près apparaît beaucoup plus délabrée mais plus grande que vue de la plage, n'est plus qu'à quelques mètres, Iris se retourne vers l'homme qui la suit et lui demande d'attendre, avec douceur mais fermeté, à voix très basse, comme si elle craignait de déranger des présences invisibles.

Mathias a du mal à croire que Nora se trouve derrière ces murs déjà chauds, derrière ces figuiers figés dans la poussière. Il doit y avoir de grandes pièces, en bas, et deux ou trois chambres donnant sur la terrasse, à l'étage. Il demeure un bon moment sans bouger dans la torpeur bourdonnante. Des milliers de mouches s'agitent au fond de ses yeux. Sa poitrine à nouveau lui fait mal. Il voudrait s'allonger, dormir, ne plus être nulle part, s'enfoncer dans le sol et se laisser dissoudre par cette terre. Sa langue lui semble être un énorme morceau de viande de mouton, dur et tiède, qui l'étouffe. Alors, il se tient comme un spectre qui serait trop las pour que la clarté du matin le fasse fuir.

Tout en bas, sur la plage, Georgios a disparu mais Elsa est toujours sur son parapet, les mains à plat de chaque côté de ses cuisses, le buste rejeté en arrière, dans le fracas soudain des cloches.

9

La jeune fille et l'enfant sont sans doute passés devant lui sans qu'il s'en aperçoive. À moins qu'ils ne soient descendus par un autre chemin, ou sortis par la porte de derrière. Car Mathias les aperçoit à présent loin en dessous de lui, main dans la main, marchant sur le sable à la lisière des vagues. Même à cette distance, il a reconnu tout de suite la silhouette de Nikos.

À l'autre extrémité de la plage, Elsa les a vus arriver, elle aussi. Toujours assise sur son mur, elle s'est penchée en avant, la main en visière, indécise. Mathias assiste à cette scène comme à un film muet et surexposé, avec de tout petits personnages. Il voit qu'Iris s'accroupit pour montrer quelque chose au petit garçon, lui lâche la main. D'abord, l'enfant s'immobilise, puis il s'enhardit, et finalement se met à courir le long de la mer. Il a compris. Il vient de reconnaître sa mère.

Alors Elsa saute du parapet, dévale les rochers et se précipite en direction de l'enfant qui court vers elle. Pour Mathias, cette course n'en finit pas. Ce spectacle des retrouvailles est flou, écrasé de lumière blanche. Jamais il n'arrivera à garder les yeux ouverts, à suivre du regard ces deux êtres qui filent l'un vers l'autre, jusqu'à l'instant où ils se rejoindront enfin, se heurteront, s'étreindront. Il est épuisé. Ses paupières sont lourdes, si lourdes. Il est trop loin, trop haut. La mer effrayante. Chaque matin est l'origine du monde. Mais aussi sa fin… C'est si bon d'être aveugle, si bon de flotter dans beaucoup de noir, en compagnie des mouches dorées. Dormir…

Rêve-t-il ? Ou bien ouvre-t-il vraiment les yeux ? S'éveille-t-il enfin dans une réalité toute neuve ? Le vent fait murmurer les eucalyptus. La porte de la maison est ouverte. Mathias s'approche. L'intérieur lui paraît d'abord très sombre. Une première pièce aux murs nus, puis, plus loin, une grande salle. La femme qui est là, c'est Nora. Pieds nus, avec une salopette blanche et un sac en papier sur la tête. Elle tient à la main une sorte de stylet, un peu comme une arme, mais elle tourne le dos à Mathias qui progresse avec précaution, comme un voleur. Appuyés contre le mur, il y a trois grands rectangles uniformément recouverts de peinture bleue. Les lames du plancher craquent. Sans se retourner, Nora dit alors, sur un ton enjoué, légèrement moqueur, de sa belle voix claire d'autrefois :

« Je t'attendais plus tôt, docteur Clamant ! Tu en as mis du temps ! Tu vieillis…

— Alors c'est bien toi ? Et tu étais en train de peindre ? »

Elle continue à faire face à ses toiles toutes fraîches, puis, se retournant lentement, elle offre à son visiteur un visage hâlé, apaisé et comme rajeuni par des souffles venus de la mer. Les anciennes rides d'inquiétude gommées par le vent, la crainte dissipée. Elle a un geste d'accueil, très paisible. Mathias voit les lèvres de sa femme qui remuent et prononcent d'autres mots qu'il n'entend pas. Il saisit alors violemment le corps de Nora, l'emprisonne dans ses bras, le serre, le broie, le tourne et le retourne, l'obligeant à lâcher le stylet qui tombe entre leurs pieds. Il lui arrache son bonnet, pose ses lèvres sur ses cheveux. Et il la tient ainsi, captive soumise, de longues minutes, la promenant doucement à travers la pièce, ventre contre ventre, cuisse contre cuisse, entre ombre et lumière, la ramenant près des toiles bleues, mâchant ses mèches noires, léchant une moucheture de petites taches sur son front. Elle parle, elle grogne, elle se tait, mais elle laisse Mathias guider cette danse sauvage, petits pieds roses sur grosses chaussures, à grands pas à travers la pièce. Enfin, sans résister, elle laisse fondre et grésiller son corps dans le récipient du corps de cet homme qui ne la lâche plus.

« Tu es là… Nous sommes encore là. Je te l'avais bien dit, la première fois que je t'ai emmené ici : nous sommes au bout du monde ! »

Lorsque Mathias relâche son étreinte, Nora se

dégage prestement, pose ses doigts dans la peinture fraîche de ces toiles toutes neuves dont la couleur, vue de près, varie subtilement d'outremer à indigo, du bleu de cobalt au bleu nuit. Elle tend ses mains vers le visage de Mathias, et fait semblant de vouloir le barbouiller, de le prendre comme un insecte dans la pâte collante. Puis elle part d'un grand rire. Son rire d'avant.

« Tu vois, dit Nora, j'ai recommencé, mais cette fois la couleur est complètement libre. Le bleu, je le laisse s'étaler. Moi, je ne m'occupe que de la ligne.

— Quelle ligne ? »

Creusée au stylet dans la pâte, une longue ligne ondule, s'infléchit, remonte, sinue, s'allonge jusqu'au bord, diagonale serpentine qui traverse le rectangle peint.

« Depuis que je suis ici, je m'aperçois que tracer une ligne est bien suffisant. Une ligne, c'est déjà une aventure, tu sais. Ce qu'il y a de plus pauvre dans le dessin ! Une pauvreté que j'aime, et qui me suffit. Plus la ligne grandit, plus des signes apparaissent, de chaque côté, sur la surface, comme de petites plantes sur une terre ingrate. Poussières ou reflets. »

Nora plante et déplace son instrument comme un scalpel dans la chair bleue.

« Tu vois, ça, c'est ma trajectoire… Et là, si on veut, ta trajectoire… Elles peuvent se couper quelque part. Ou pas ! Elles peuvent s'éloigner l'une de l'autre. Puis se rejoindre à nouveau.

Deux malheureuses petites lignes. Pour toujours… »

Mathias prend alors Nora par la main et l'entraîne sur la terrasse. Le monastère, navire immobile au bout de son cap, fend toujours la mer. La plage est déserte. Des insectes invisibles grésillent sous les figuiers. Les cloches se sont tues. Une longue trace blanche raye le bleu du ciel.

Pour la première fois, l'instant, provisoirement redressé, se tient dans son propre présent.

10

J'aime de plus en plus le bleu du ciel. Je me pose, je décolle, je glisse sur tel ou tel coin de cette terre où je vais désormais demeurer.

Je suis peut-être invisible, mais j'ai tout vu, ou presque, de ce qui est arrivé à ces personnages. Elsa courant sur une plage en direction d'un petit garçon qui n'avait jamais cessé de penser à elle. Nora blottie contre Mathias. Le pope Georgios agitant les cordes de son carillon. Ce que j'avais initié, dès le début de mon séjour chez les mortels, n'a donc pas tourné à la catastrophe. Tant mieux ! Je savais bien qu'il y aurait une suite.

Je me tais. Depuis que je vais et viens en Grèce, la seule avec qui j'ai échangé quelques mots est cette Iris évanescente. Charmante, aussi. Pour des yeux aussi perçants que les siens, mon invisibilité ne sert à rien. Elle m'a découvert. Elle m'a surpris dans mon nouveau rôle de voyeur. Elle a haussé les épaules et secoué la tête d'un air désapprobateur. Nous n'avons échangé que quelques mots. Je n'ai pas très bien compris « pour qui » elle « travaillait ». Ni à quoi elle jouait.

« *Ton angélique souci de bienfaisance m'amuse beaucoup* », m'a-t-elle confié.

Je sentais avec quel mépris elle découvrait qu'inexorablement, depuis quelque temps, je « me faisais homme » :

« *Quitte à te faire homme, Raphaël, tu feras au moins aussi bien que ton illustre prédécesseur… »*

Et la voilà qui s'esquive. Son voile aux couleurs d'arc-en-ciel flottant autour de son visage, elle se promène en chantonnant, aimée de tous.

Aujourd'hui, le pope Georgios a décidé d'emmener tout le monde faire une petite balade en mer. Il prétend que sa barque est assez grande. Il a proposé à Mathias, à Nora, à Iris qu'il dévisage avec des yeux ardents, à Elsa et Nikos de rejoindre un îlot que l'on aperçoit depuis son monastère et que les gens du pays appellent tantôt « l'île des morts », tantôt « l'île des amoureux ». Il affirme que s'y trouvent à la fois une chapelle aux belles icônes et une taverne où un moine solitaire sert du bon vin. « *La mer est calme, le vent léger, revenir même au milieu de la nuit sera facile. Venez, vous ne le regretterez pas… »*

Bien sûr, j'ai décidé d'être aussi du voyage. Septième et clandestin. Je me tiens à la poupe, curieux et attentif comme un enfant. Georgios est à la barre. Le moteur pétarade. Les vagues soulèvent puis happent l'esquif. Il y a de l'eau au fond de la barque, mais cela n'a rien d'inquiétant. Nora et Mathias ont pris place sur un banc de bois. Elsa et Nikos assis derrière eux. Iris à la proue, écharpe au vent. Puis le moteur ne fait plus que ronronner dans le grand silence du couchant, et sur l'îlot qui se rapproche on distingue déjà de petits bâtiments blancs. Il faut encore doubler le cap.

« On raconte que lorsque, à bord d'un bateau, on dépasse cette pointe, là, sur notre droite, crie Georgios, chaque voyageur peut faire un vœu ! Là-haut, quelqu'un l'entend et l'exauce ! »

Le pope lève un index vers le ciel. Chacun se tait et offre son visage aux derniers rayons tandis que l'île prend l'apparence d'un noir squelette. Iris a quitté la proue. Elle m'a aperçu, à l'arrière, et paraît vouloir me rejoindre. Le tangage de la barque l'oblige à prendre appui, en passant, sur l'épaule de Mathias. Leurs yeux se rencontrent. Leurs mains s'effleurent.

« Alors ? Vous avez fait un vœu ? » lui demande-t-elle.

Il hésite à répondre, puis, comme une confidence destinée à la seule Iris, frêle messagère, et tandis que Nora, serrée contre lui, semble à la fois heureuse et absorbée dans sa rêverie, il murmure :

« Un vœu, je ne sais pas… J'espère seulement que nous ne reviendrons jamais. »

DU MÊME AUTEUR

Littérature

VITESSES POUR TRAVERSER LES JOURS, Lettres nouvelles/Maurice Nadeau, 1980.

PREMIERS PERSONNAGES DU SINGULIER, Robert Laffont, 1984.

LA PART DU SPHINX, Robert Laffont, 1987.

LA VIE COURANTE, Maurice Nadeau, 1996. Prix Autres 1996 (Folio n° 4159).

NAISSANCES, Gallimard, 1998 (Folio n° 3384).

LA PETITE CHARTREUSE, Gallimard, 2002. Prix du Livre Inter 2003 (Folio n° 3391 ; Folioplus classiques n° 76 ; Belin).

« Vilaines filles » *in* POUPÉES, sous la direction d'Allen S. Weiss, Gallimard/Halle Saint-Pierre, 2004.

LE RIRE DE L'OGRE, Gallimard, 2005. Prix du roman Fnac 2005 (Folio n° 4478).

CŒUR DE PIERRE, Gallimard, 2007 (Folio n° 4858).

LA DIAGONALE DU VIDE, Gallimard, 2009 (Folio n° 5251).

L'IDIOT DE SHANGAI et autres nouvelles, Gallimard, 2009 (Folio 2 € n° 4960).

MARÉE BASSE : MÉDITATION SUR LE RIVAGE, SUR CE QU'ON Y TROUVE, ET SUR LE TEMPS SANS EMPLOI, J. Millon, 2009.

ENFANCE OBSCURE, Gallimard, 2011.

L'ÉTAT DU CIEL, Gallimard, 2013. (Folio n° 5989).

Essais

LA PETITE FILLE DANS LA FORÊT DES CONTES, Robert Laffont, 1981. Nouvelle édition augmentée en 1997.

LOS CUENTOS DE LOS HERMANOS GRIMM, Editorial Crítica, Barcelone, 1988.

L'ARCHIPEL DES CONTES, Aubier, 1989.

LIGNES DE VIE. Récit et existence chez les romantiques allemands, José Corti, 2000.

POURQUOI MOI JE SUIS MOI, Gallimard, 2014.

LE GOÛT DE L'ENFANCE, Mercure de France, 2014.

Biographie

L'OMBRE DE SOI-MÊME. VIE ET ŒUVRE DE E.T.A. HOFFMANN, Phébus, 1992.

Monographies

L'OMBRE ET LA VITESSE. Sur Adalbert de Chamisso, José Corti, 1989.

TEINTES PASTEL ET ENCRE NOIRE. Sur Ludwig Tieck, José Corti, 1993.

RONDE DE NUIT. Sur Bonaventura, José Corti, 1994.

LE THÉÂTRE DES INFLUENCES. Sur Schiller, José Corti, 1996.

LA TRAVERSÉE DU ROMANTISME. Introduction aux contes romantiques allemands, Mercure de France, 1997.

Livres d'art

LA TENTATION DE LA MAPPEMONDE, Éditions Le Verbe et l'Empreinte, 2002.

PORTRAIT DE MIQUEL BARCELÓ EN ARTISTE PARIÉTAL, avec la collaboration d'Éric Mézil, photographies d'Agustí Torres, Gallimard, 2008.

ANSELM KIEFER, La solitude du geste, Éditions Yvon Lambert, 2010.

TROUÉES DE MÉMOIRE, sur Niklaus Manuel Güdel, Éditions Notari-art contemporain, Genève 2012.

Jeunesse

COMME DEUX GOUTTES D'EAU, illustrations de Fulvio Testa, Gallimard Jeunesse, 2004.

LE MONSTRUEUX, illustrations de Stéphane Blanquet, Gallimard Jeunesse, 2007.

Composition IGS-CP à L'Isle-d'Espagnac (16)
Impression Maury Imprimeur
45330 Malesherbes
le 7 août 2015.
Dépôt légal : août 2015.
Numéro d'imprimeur : 200352.

ISBN 978-2-07-046578-1. / Imprimé en France.